L'INCESTE SVPOSÉ,

TRAGI-COMEDIE.

A PARIS,
Chez TOVSSAINT QVINET, au Palais, dans la petite Salle, sous la montée de la Cour des Aydes.

M. DC. XL.
AVEC PRIVILEGE DV ROY.

Extraict du Priuilege du Roy.

PAR grace & Priuilege du Roy, donné à Paris le 15. iour de Decembre 1639. Signé par le Roy en son Conseil, De Monceaux : Il est permis à TOVSSAINT QVINET, Marchand Libraire à Paris, d'imprimer ou faire imprimer, védre & distribuer vne piece de Theatre, intitulée *L'Inceste Suposé Tragi-Comedie*, durant le temps de trois ans, à compter du iour qu'elle sera acheuée d'imprimer. Et deffences sont faites à tous Imprimeurs, Libraires, & autres de contrefaire ladite piece, n'y en vendre ou exposer en vente de contrefaite, à peine aux contreuenans de trois mil liures d'amende, & de tous ses despens, dommages & interests, ainsi qu'il est plus au long porté par lesdites lettres, qui sont en vertu du present Extraict tenuës pour bien & deuëment signifiées, à ce qu'aucun n'en pretende cause d'ignorance.

Acheué d'imprimer pour la premiere fois le 31. Decembre, mil six cens trente-neuf.

Les Exemplaires ont esté fournis.

LES ACTEVRS

CARISMOND ROY DE HONGRIE.

CLARIMENE son frere, amoureux de sa femme.

ALCINEE, Reyne de Hongrie.

CLORINIE, ieune Princesse, amoureuse de Clarimene.

MELISTEE, sa suiuante.

PHILON, Gentil-homme de la Maison du Roy.

SIDION, Gentil-homme suiuant du Prince.

AGIS, Capitaine des Gardes.

LES GARDES.

La Scene est dans Albe Royalle.

L'INCESTE SVPOSE TRAGI-COMEDIE.

ACTE I.

SCENE PREMIERE.

ALCINEE, CLARIMENE.

ALCINEE.

VOS puissantes raisons me sçauent bien confondre,
Ie les entens, les gouste, & ne leur puis répondre,
Qu'auec cette raison commune aux malheureux,

Qu'il faut pleurer & plaindre vn destin rigoureux.

CLARIMENE.

C'est plustost vne loy que la raison impose,
Mais il faut que l'effect se mesure à la cause,
Qu'vn grand mal menaçant nous donne vn grand soucy,
Que si les coups sont grand le dueil le soit aussi.

ALCINEE.

Le mal qui nous menace estant vn mal extreme,
Pourquoy condamnez-vous vne douleur de mesme?

CLARIMENE.

I'en condamne l'excez, non pas la qualité.
Le mal qui nous menace est sans extremité:
Suposé qu'il en eust, au lieu de tant de plainte,
Ce seroit faire assez d'en auoir quelque crainte;
Mais sous l'excez du dueil se laisser acabler,
Se plaindre à tous momens, se perdre & se troubler,
Est-ce suiure la loy qu'on vous a deu prescrire?
Est-ce agir dessus vous comme sur vostre Empire?
Il est vray que le sort inconstant est trompeur,
Nous oblige de suiure ou l'espoir ou la peur;
Mais d'autant que la peur fait pressentir les playes,
Pour des maux incertains donner des peines vrayes,
Suiuons l'espoir, faisons qu'il trace en nos esprits

Vn portraict d'vn combat dont mon frere ait
le pris,
Où tous les soldats Turcs sans force & sans courage,
Dedans leur propre sang rencontrent leur naufrage;
Puisque l'opinion fait nos biens & nos maux,
Ces beaux objets d'espoir calmeront vos trauaux.

ALCINEE.

Ce fantasque portraict seroit fort incapable
D'effacer de mon ame vne peur raisonnable,
Ie voy le precipice où mon espoux peut choir,
Et par là mon amour m'enseigne mon deuoir;
Dans ce funeste iour il perd vne victoire,
Ou ioint d'autres rayons aux rayons de sa gloire,
Il est esclaue ou libre, il est mort ou vainqueur;
Mais l'espoir du dernier est moins fort que ma
peur,
Et quelque bon succez que mon ame imagine,
Il ne fait que flatter, mais la crainte domine;
Tant qu'vn peu de constance a pû me soulager,
Que i'ay sceu mon Espoux eloigné du danger,
I'ay dementy ma peine, & sous vn front modeste
I'ay sceu cacher les coups de ma crainte funeste;
Mais elle est à present dans son extremité,
Et vous la tesmoigner est ma necessité,

Comme de luy donner encor ce peu de larmes.

CLARIMENE.

Il dit ces trois vers tout bas.

O mes yeux ! ſa douleur ſemble accroiſtre ſes charmes,
Ma flâme s'en augmente, Amour touche vn peu moins,
Ou rends moy temeraire où ie ſuis ſans teſmoins:
Que mon frere eſt heureux, quelque mal qui le touche,
S'il ſçait bien qu'il eſt plaint d'vne ſi belle bouche,
S'il ſçait que deux beaux yeux ſi hardis à charmer
Le pleurent en ces lieux à force de l'aymer;
Et ſi iamais ce Dieu qui fait nos deſtinées,
Me tranche deuant vous le cours de mes années
Pour entrer dans la tombe, heureux & ſatisfait,
Ie ne demanderois qu'vn bon-heur ſi parfait;
Il eſt certain ma ſœur que qui vous voit vous ayme,
Mais eſtre aymé de vous eſt vne gloire extreme,
Si ce cœur, ah ma bouche arreſte à cet aſpect,
Si tu monſtres ton feu, garde au moins le reſpect.

ALCINEE.

Que parliez-vous de cœur?

CLARIMENE.

I'auois vne pensée
Qu'vne autre en ma memoire a sur l'heure effacée;
Mais il m'en resouuient, comme tout mon dessein
Ne tend qu'à vous tirer la douleur hors du sein,
Ie disois si ce cœur pouuoit passer au vostre,
Et luy communiquer vne humeur qui fut autre,
Que ce frere, qu'Amour auec des traicts puissans — Parlant de luy, & elle croit qu'il parle du Roy.
Engage à reuerer vos charmes rauissans,
Se trouueroit content parmy son infortune,
Puis qu'enfin vostre ennuy l'afflige & l'importune.

ALCINEE.

Vous le iugez fort mal, l'Amour nostre vainqueur
M'aprit bien mieux qu'à vous à connoistre son cœur.

CLARIMENE.

Ie ne le pense pas. — Tout bas.

ALCINEE.

Puis qu'en ces grandes craintes
Ie sçay que ie l'oblige en luy donnant des plaintes,
Il m'ayme & son desir.

CLARIMENE.

Qui vous l'auroit apris?

ALCINEE.

Au moment que sa grace enflamma mes esprits,
Des regards de nos yeux passans iusqu'en nos ames,
Nous aprindrent assez nos desirs & nos flâmes.

CLARIMENE.

Il vous ayme, il est vray, ie vous l'asseure aussi:
Mais c'est moy, criminel, la vois te manque icy.
Parle en fin que crains-tu, montre ton feu perfide;
Non mon cœur pour ce coup soyons encor timide.

ALCINEE.

Mais que vous resuez fort.

CLARIMENE.

I'en ay quelque sujet,
Celle qui de ma flâme est la source & l'objet,
Aupres de mes ardeurs paroist toute de glace,
Et sans cesse ie pleure & plains cette disgrace.

ALCINEE.

Songez donc au moyen de la faire finir;
Mais vous pourez mieux seul vous en entretenir.

SCENE II.

CLARIMENE, seul.

OVy d'vn feu criminel que ie ſens pour toy-
meſme,
Et du contentement de dire ſeul, je t'ayme;
Oüy ie t'ayme ma ſœur, ton œil ce beau vaiqueur
Mit vn trait dans le mien qui paſſa dans mon
cœur,
Et mon eſprit aueugle & trop plein de foibleſſe,
Le conſerue & l'adore à cauſe qu'il me bleſſe;
Faut-il à ſes efforts ceder ſi laſchement,
Vertu, raiſon, amour, prudence, iugement,
Sang, amitié, reſpect, calmez ce grand orage,
Contre ma paſſion aſſiſtez mon courage,
Ne le laiſſez pas vaincre apres qu'il a vaincu,
Et mourir criminel puis qu'il a bien veſcu:
Il eſt mort pour l'honneur s'il ſe couure du blâme
D'auoir ioint laſchement vn inceſte à ſa flâme;
Oüy ſuiuons la vertu, qui veut que ma raiſon
Motte dans ce moment d'vne infame priſon;
Oublions Alcinée, & reduiſons en cendre

Ces feux dont mon esprit ne s'est pas peu deffendre,
La gloire suit la fin d'vn coup si glorieux:
Mais plustost que le faire il faut perdre les yeux,
Peut-on les conseruer & voir cette merueille,
Qui ne peut rencontrer son prix ny sa pareille,
Sans cherir comme moy le soin de l'estimer,
Et dire elle est parfaite, & l'on la doit aymer,
Il n'est rien de diuin à l'égal d'Alcinée,
Il met la main sur son espée. *Qui l'ose mépriser voicy sa destinée:*
Mais dans l'occasion que ie perds à ce iour,
I'ay paru trop craintif pour auoir trop d'amour;
Timide & vain respect qui trouble ma pensée,
Au poinct qu'elle eut fait voir le trait qui la blessée,
Pourquoy renaissois-tu dans ce fatal instant,
Ie serois à present ou confus ou content,
De mille voluptez ie brauerois l'enuie,
Ou ie me verrois prest de perdre icy la vie:
Mais ne l'accusons pas d'auoir fait son deuoir,
Et blasmons nostre crainte, & non pas son pouuoir,
Et sans nous arrester sur vne plainte vaine,
Retournons dans vne heure au logis de la Reyne,
Montrons luy son portraict dans ce cœur amoureux,
Expirons à sa veuë, ou bien viuons heureux.

SCENE

SCENE III.

CLORINIE, MELISTEE, CLARIMENE.

CLORINIE.

R*Esueur.*

CLARIMENE.

Ah l'importune! excusez-moy, Madame,
Ie ne vous voyois point.

CLORINIE.

Sans doute que vostre ame.

CLARIMENE.

Estoit où ie croyois Clorinie à present.

CLORINIE.

Ah soyez veritable ainsi que complaisant;
D'où vient que depuis peu vostre humeur paraist triste,
Qu'elle fuit de la ioye & qu'elle luy resiste,

Que dans nos entretiens, que parmy nos discours,
Vn bizarre chagrin vous possede tousiours,
Qu'on vous voit quelquefois si froid, si solitaire,
Resuer assiduëment, souspirer & vous taire;
I'ay cherché le sujet de ce grand changement,
Mais ce que i'en ay creu n'a point de fondement;
Car s'il naist de l'Amour, il faut que ie vous die
Que le nostre est exempt de toute perfidie,
Et qu'on ne peut douter, sans me desobliger,
Qu'il soit deuenu foible, ou qu'il ait peu changer.

CLARIMENE, en equiuoque.

La iuste opinion, il est vray ma Princesse,
Nostre amour ne fait pas le trouble qui m'opresse,
Pour vn autre sujet mon cœur a sucombé,
D'autant qu'on m'esleua, d'autant ie suis tombé:
Vous sçauez que ce Roy dont le courage aspire
De chasser aujourd'huy le Turc de son Empire,
En partant de ces lieux m'y laissa Souuerain,
Me mit tous ses Estats & son Sceptre à la main:
Depuis ce triste iour les forçats à la chaisne,
Au pris de mes trauaux n'ont ny douleur ny peine,
Et par là seulement ie ressens plus leurs coups

Qu'ils m'ostent à moy-mesme, & m'esloigne de vous.
Car souuent quand mon ame aueuglement guidee,
Veut repasser ses yeux sur vostre belle idée,
Et veut chercher dedans dequoy se consommer
Dans ces feux dont vos yeux la peurent enflammer,
Vn Seigneur m'interrompt, vn autre me visite,
Qu'il faut que ie caresse encore qu'il m'irrite;
Ainsi chacun me trouble, & dans chaque moment,
L'vn voulant vn estat, l'autre vn gouuernement,
L'vn briguant de son pere ou la charge ou l'office,
L'vn demandant ma grace, & l'autre ma justice:
Iugez par ces sujets de trauaux differens,
Si ie suis excusable, & si mes maux sont grands:
Dés qu'on verra l'Empire exempt de ses tempestes,
Et qu'vn Astre plus doux brillera sur nos testes,
Vous sçaurez comme i'ayme, & si mes passions
Sont dans vn moindre excez que vos perfections.

Ce vers est à deux sens. Il s'en veut aller, & elle le retient.

CLORINIE.

Ne m'ostez pas si-tost vostre chere presence,

Souffrez que ie vous porte à cette complaisance,
Donnons vn peu de temps, bien qu'il vous soit si cher,
A nous dire à quel point l'Amour nous sçait toucher;
Que pleust à ce grand Dieu que ce sein tout de flâme,
Pour s'ouurir à vos yeux comme il l'ouure à vostre ame,
Vous y verriez vn cœur percé de traits ardans,
Et vostre beau portraict si bien peint au dedans,
Que vous confesseriez que l'art ny la nature
N'ont rien qui puisse faire vne telle peinture,
Et que tous les excez que l'on sent en aymant,
Ie les sens, ie les souffre, & pour vous seulement.

CLARIMENE.

Que ie serois rauy si i'estois assez digne
Pour meriter de vous cette faueur insigne,
Ces 2. vers sont equiuoques. *Si la beauté que i'ayme, & dont ie suis bruslé,*
Sans feintes & sans fart auoit ainsi parlé.

CLORINIE.

Ou ie ne la suis pas, ou c'est chose certaine;
Pourquoy par vos soupçons augmentez-vous ma peine?

Ie vous aimay, vous ayme, & vous offre mon cœur,
Ainsi qu'vn iuste prix qu'il doit à son vainqueur.

CLARIMENE.

C'est trop donner, Madame, aux feux d'vn temeraire, En equiuoque.
Vos rigueurs, vos mépris, seroient mieux mon salaire;
Oüy c'est trop s'abaisser pour vn homme impuissant,
D'estre à present ou vostre, ou bien recognoissant.

CLORINIE.

Quiconque est bien aymé le recognoist, s'il ayme,
Voudrois-je plus de vous me cognoissant moymesme,
Non Seigneur, & ie parle en esprit affligé,
Qui craint que vous soyez ou sans flâme, ou changé.

CLARIMENE, en equiuoque.

Apres ceste beauté dessous qui ie me range,
Ce climat n'en a point qui soit digne d'vn change,
Et ie la cheris trop, & i'ayme trop l'amour
Pour le perdre iamais, sans perdre aussi le iour.

CLORINIE.

I'en doute, & vos froideurs font naiſtre cet ombrage.

CLARIMENE.

Il faut croire mon cœur, & non pas mon viſage,
Equiuoque. *S'il ayma Clorinie, il ſçait encor aymer,*
Et iuſqu'en vn excez qu'on ne peut l'exprimer;
Et s'il faut qu'vn ſerment contente voſtre enuie,
Que ie voye en ce iour le dernier de ma vie,
Et que preſentement ie la perde à vos yeux,
S'il ſe voit vn mortel ſous la voûte des Cieux,
Qui porte plus de feux & ſente plus de flâme,
Equiuoque. *Que vos graces, ma Reyne, en ont mis dans mon ame.*

CLORINIE.

Ah c'eſt à me rauir, conſerue-les & croy
Que i'en reſſens autant, ou fort peu moins que toy.

CLARIMENE.

C'eſt ce que mon eſprit ne peut croire ſans peine;
Mais en fin mon deuoir m'apelle chez la Reyne,
Equiuoque. *Souffrez que ie vous quitte, & que ie laiſſe vn cœur*

Æn depost en ses mains.

CLORINIE.

Ie le veux mon vainqueur.

CLARIMENE, seul.

Tu peux bien le vouloir, amante trop credule,
Alcinee à present est l'objet qui me brusle,
Et par l'aymable effect de ses traits inhumains,
Si ie laisse mon cœur c'est dans ses belles mains.

SCENE IV.

CARISMOND ROY DE HONGRIE, PHILON.

PHILON.

Lors qu'on croit que vos mains trauaillent pour la gloire,
Et gaignent sur les Turcs vne illustre victoire,
Vous paraistrez dans Albe; vn tel éuenement
L'obligera sans doute à quelque estonnement.

LE ROY.

Si la Reyne y prend part mon ame est satisfaite,
A peine auois-je apris cette grande deffaite,
Où vingt mille des Turcs par nos coups terrassez,
Resterent sur le camp ou morts ou bien blessez,
Que ie fis vn dessein pour surprendre la Reyne,
D'en porter le premier la nouuelle certaine.

PHILON.

Sire, vn dessein si prompt eut vn bien prompt effet,

L'ennemy fut battu, mais il n'est pas deffait;
Et s'il sçait que ce bras & cette illustre teste
Ne sont plus opposez au cours de sa conqueste,
Il ira rechoquer nos genereux guerriers,
Les couurir de cypres, ou de nouueaux lauriers.

LE ROY.

Si leur Chef à present n'estoit pas Celaminte,
Ie prendrois quelque part à cette injuste crainte;
Tu sçais qu'on voit en luy deux heros sans pa-reils,
Vn Achille au combat, vn Vlisse au conseil,
Ie fonde mon repos sur cet homme de marque.

PHILON.

Il est fort genereux, mais il n'est pas Monarque.

LE ROY.

Il ne l'est pas de vray, mais il est sans effroy;
Mais il sçait se deffendre & vaincre mieux que moy:
Que peux-tu dire encor?

PHILON.

Des choses plus certaines,
Qu'vn Roy dans vn combat vaut mille Capi-taines;

C

Que iamais Alexandre, Anthoine & les Cesars,
Ces Roys qu'on vit tenter les plus fameux hasars,
N'eussent fait ces exploits qui font leurs renommees,
S'ils n'eussent en personne agis dans leurs armées :
Est-on pressé, battu, voit-on que le soldat
Veut ceder laschement la gloire du combat,
Afin de le remettre en ce peril extreme,
Dites-luy; Reprend cœur, ton Roy combat luy-mesme.
A ces mots il s'arreste, & ses sens bien remis,
Il retourne, il se perd, ou vainc ses ennemis.

LE ROY.

J'aprouue tes raisons, ta preuoyance est haute,
Et par elle à present ie recognois ma faute:
Mais que pouuois-je au camp l'œil & l'esprit blessé,
Sans courage & sans cœur? car ie l'auois laissé
Dedans les chastes mains de ma chere Alcinee,
Pour gage de la foy que le sien m'a donnée;
Elle a causé ma faute, & loin de ses apas,
S'il m'arriue vn bon-heur ie ne le gouste pas.
Tu sçais depuis quel temps ce malheur nous separe,

Qui voulut m'oppoſer aux efforts d'vn barbare,
Ayant veu ſa retraite, il me fallut partir,
Mon amour l'ordonna, ie dus y conſentir.
Mais en fin, cher Philon, ma joye eſt ſans égalle,
I'apercois les remparts de mon Albe Royalle,
Tournons vers ce chaſteau, mon deſir m'y conduit,
Ie n'entre point dans Albe auparauant la nuit.

ACTE II.

SCENE PREMIERE.

CLARIMENE, ALCINEE.

CLARIMENE.

N'Espanchez plus, ma sœur, tant d'inutiles larmes,
Rendez à vos beaux yeux leur vigueur & leurs charmes,
Apres ce grand exploit que nos armes ont fait,
Apres que l'ennemy s'est presque veu deffait,
Et que dans vn combat qui vallut des batailles,
Dix mille de ses gens ont fait leurs funerailles;
En fin perdez le dueil & ses tristes objets,
Mettez vn autre exemple aux yeux de vos subjets.

ALCINEE.

I'en ay sceu le succez, & celuy de leur fuite;
Mais de qui le sçait-on?

CLARIMENE.

D'vn homme de ma suite,
Qui vit ce grand exploit, qui mesme y combatit,
Qui des qu'il fut finy prit la poste & partit.

ALCINEE.

Ainsi le iuste Ciel propice à nos requestes
Va destourner les maux qui pendoient sur nos testes;
Ie respire, i'espere apres ce bon succez
De reuoir nos bon-heurs dans leur premier excez,
Alors que mon Espoux tout éclatant de gloire
M'offrira dans ces lieux des fruicts de sa victoire.

CLARIMENE.

Elle change d'humeur, il faut prendre mon temps, Il dit ces vers tout bas.
Pour la faire tomber au poinct où ie pretens.

ALCINEE.

Mais mon frere faut-il que ie vous voye

Si resueur, si pensif, quand ie suis dans la ioye.

CLARIMENE.

Qui le cause l'ignore, ainsi vous l'ignorez.

ALCINEE.

Le pourois-je sçauoir?

CLARIMENE.

Si vous le desirez.

ALCINEE.

Et si ie le sçauois, qu'en diroit Clarimene?

CLARIMENE.

Que vous l'auriez tiré d'vne cruelle peine,
Qu'vn Dieu vous l'auroit dit, qui delaisse les cieux
Depuis qu'il prend l'honneur de loger dans vos yeux.

ALCINEE.

S'il y fut quelquefois, il les quitte pour d'autres,
Puis qu'en ce mesme instant ie le voy dans les vostres,
Et que i'y recognois que vous n'estes resueur,
Que pour vous voir priué d'vn peu de sa faueur.

CLARIMENE.

Vous l'auez bien iugé, mais acheuez, Madame,
Ayant veu dans mes yeux, regardez dans mon ame;
Et s'il se peut encor voyez-y la beauté
Par qui ce mesme Dieu m'otta la liberté.

ALCINEE.

La peine en seroit grande, & possible infinie;
Mais ie la pouray voir en voyant Clorinie,
On sçait que vous l'aymez.

CLARIMENE.

On sçait que ie l'aimay,
Puisque d'vn autre objet ce cœur est enflammé,
Que tout cet vniuers tient pour vne merueille,
Et qui sans vous ma sœur, n'auroit point sa pareille.

ALCINEE.

S'il peut estre qu'en moy son égalle paraist,
C'est donc par quelque instinc que sa grace vous plaist;
Clorinie est tres-rare.

CLARIMENE.

Ah ce discours m'irrite;

Elle n'a rien de rare au prix de son merite.

ALCINEE.

Cet objet aussi vain qu'on le trouue parfait,
Reconnoist mal l'honneur que vostre amour luy fait;
Car vostre froide humeur me donne vne asseurance
Qu'il vous voit à regret, ou dans l'indifference.

CLARIMENE.

Vous me pardonnerez, loin de cette rigueur
Quelquefois cette belle adoucit ma langueur,
Et dans nos entretiens sa bouche me console,
Cependant qu'vn respect m'empesche la parole,
Fay que iusqu'à present elle n'a point osé
Luy dire qu'elle plaint vn mal qu'elle a causé.

ALCINEE.

Elle l'ignore donc.

CLARIMENE.

Oüy ma sœur.

ALCINEE.

Mais timide,
A quoy tend ce respect?

CLA-

CLARIMENE.

A se rendre homicide,
De ce cœur tout percé de ses traicts glorieux,
Plustost que de luy dire, ils partent de vos yeux.

ALCINEE.

Dessein trop rigoureux.

CLARIMENE.

Cependant raisonnable.

ALCINEE.

Tout ce que cette Cour a de rare & d'aymable,
Par ce sang qui vous ioint au sang de tant de Roys,
Cede à vostre fortune, est sujet à vos loys.

CLARIMENE.

Et pour cette raison, que puis-je, ou dois-je faire?

ALCINEE.

Vous rendre moins amant, ou bien plus temeraire,
Et perdre ce desir à vostre amour suspect,
D'aymer vne subjette auec trop de respect.

D

CLARIMENE.

Il dit ce vers tout bas.

Subjette, elle sçait mal ce qu'elle vient de dire ;
On la reuere en Reyne, & mesme en cet Empire,
Car au moment qu'Amour me rangea sous sa loy,
Elle prit ce beau tiltre, & ce fut dessus moy.

ALCINEE.

Et pour cette raison rendez-vous necessaire ;
Le caprice importun de l'aimer & vous taire.

CLARIMENE.

Non, & si ie l'ay fait ce n'est pas sans regret,
Ie me suis veu cent fois dans vn desir secret
D'aymer plus librement, d'aller chez cette belle,
D'exposer à ses yeux vn cœur qui meurt pour elle,
Ie m'y rends pour le faire, & le trouble où ie suis
Fait qu'en vn mesme instant ie le veux & ne puis,
Ie me trouue interdit.

ALCINEE.

Estrange & lasche crainte,

Digne de mon secours, & digne de ma plainte.

CLARIMENE.

O qu'elle en parle bien. Tout bas.

ALCINEE.

Mais c'est assez souffrir,
Et puis que ie le puis, ie vous veux secourir,
Ie vous offre vne main pour essuyer vos larmes.

CLARIMENE, tout bas.

Sçauroit-elle, bons Dieux, que i'adore ses charmes?
Que ie serois heureux.

ALCINEE.

Puisque cette beauté
N'a point tant de froideurs & tant de cruauté
Qu'elle ne puisse aymer, que l'on ne la flechisse,
Qu'aupres d'elle vne sœur ne vous rende vn office.

CLARIMENE.

Et vous y pouuez tout: Ie croy qu'elle le sçait;
Acheue Amour, découure, ou retire ton trait.

Il dit ces trois derniers emistiches tout bas.

ALCINEE.

Que resoluez-vous seul?

CLARIMENE.

De vous plaire de suiure
Vos desirs, c'est par eux qu'il faut mourir ou viure.

ALCINEE.

Doncques & pour les suiure, & pour vostre interest,
Monstrez-luy vostre cœur, dites-luy ce qu'il est.

CLARIMENE, tout bas.

Ce discours rend encor ma croyance incertaine.

SCENE II.

CLORINIE, MELISTEE, CLARIMENE, ALCINEE.

CLORINIE.

SVivez-moy, ie desire en advertir la Reyne:
Mais elle s'entretient auecque mon Amant,
De peur de l'interrompre atendons vn moment.

CLARIMENE.

Ie vous l'ay desia dit ce qui fait mon martire,
C'est que ie ne sçaurois luy monstrer ny luy dire.

ALCINEE.

Nommez-la moy.

CLARIMENE.

Depuis que i'ay l'heur de l'aymer,
Par vn certain respect ie ne l'ose nommer.

CLORINIE.

Ils parlent d'amour.

MELISTEE.

Oüy.

ALCINEE.

Vostre amour est discrette,
Elles'en veut aller, il la retient. *Pour sçauoir vos secrets ie suis trop peu secrette.*

CLARIMENE.

Iugez mieux de vous mesme, & de cet entretien,
Regardez dans mes yeux vous la conoistrez bien:
Mais que me seruira de l'auoir fait connaistre,
Si ma flame à ses yeux ne veut iamais paraistre,
Et si i'ay fait dessein d'expirer sous mes fers,
Plustost que de luy dire, & c'est vous que ie sers.

ALCINEE.

Non ne le faites pas, mais souffrez, Clarimene,
Que pour vous obliger ie m'en donne la peine,
Faites-la moy connoistre, & dés ce mesme iour
Ie la veux disposer à souffrir vostre amour.

CLARIMENE.

Il dit ce premier vers tout bas. *Sus ne differe plus, perds cette crainte extreme:*
Acheuez donc, Madame, & parlez à vous-mesme,
Ie vous la fais connoistre, & dés ce mesme iour

Ou signez mon trespas, ou souffrez mon amour,
Que vostre estonnement ne vous fasse pas taire,
En faueur de ce mal qu'vn Dieu rend necessaire,
Assez & trop long-temps ie l'ay dissimulé,
Et que c'est par vostre œil que le mien est bruslé,
Que le feu qu'il ressent naist d'vn éclat si rare;
Mon respect le cacha, mon crime le declare,
Si c'est crime en effet que de ceder aux coups
D'vn Dieu qui sçait dompter ses égaux comme nous.

CLORINIE.

Dieux! que dit ce cruel, l'entens-tu bien?

MELISTEE.

Madame,
Ie l'entens, i'aprens trop sa passion infame.

ALCINEE.

Clarimene veut rire.

CLARIMENE.

Helas ouurez mon sein,
Vous sçaurez si ma bouche explique mon dessein,

En y voyant mon cœur où vos aimables charmes
Forment souuent ensemble & des feux & des larmes,
En le voyant, Madame, à vostre bel aspect,
Et se mouuoir de ioye & rougir de respect:
Elle se tourne pour ne le point escouter. *Ah ce facheux desdain m'asseure que vostre ame*
Me dit, estoufe ingrat ta criminelle flâme;
Mais la mienne respond à ce langage bas,
Que le sang perd son droit où regnent vos apas,
Et que i'expireray dans l'humeur obstinée,
D'estimer, de cherir, & d'aimer Alcinée.

CLORINIE, escoutant tousiours.

Perfide, criminel, pense à moy, que dis-tu?

ALCINEE.

Ah perdez cette humeur, que fait vostre vertu?
Que fait vostre raison, estoit-elle aueuglée
Quand vous auez conceu cet amour dereglée,
Quand vos perfides yeux oserent voir les miens,
Et donner leur franchise à ses honteux liens?
Vostre frere est-il mort, ou la melancholie
Vous fait-elle oublier qu'vn sainct hymen vous lie,
Que par cette raison vous ne pouuez m'aimer,
Iusqu'à sentir l'ardeur dont i'ay pû l'enflammer,
Sans trahir le deuoir & sans former vn vice
Digne

Digne de ma colere, & digne d'vn ſuplice.

CLARIMENE.

Si i'offence vn deuoir, ſi ie ſuis vicieux
Pour reſſentir des feux qu'ont reſſenty les Dieux,
C'eſt vn effet puiſſant de vos graces extremes,
C'eſt que i'adore en vous ce qu'ils ayment eux-meſmes;
Car d'opoſer le ſang, ou quelque autre accident
Au bien que i'obtiendrois, meſme en vous poſſedant,
Au bon-heur de ſentir le doux mal que i'endure,
C'eſt vn ordre des loys que dement la nature,
Elle hait la contrainte, elle agit librement,
Imitons-la, Madame, en ce beau ſentiment.
Quant à moy ie le fais ſuiuant ma deſtinée,
Qui veut ou que ie meure, ou que i'ayme Alcinée.

ALCINEE.

La nature en ce poinct ne dément pas les loys,
Et comme la raiſon t'a parlé par ma vois,
Et poſſible à preſent te dit dedans toy-meſme,
Que tu traittes fort mal vn frere, vn Roy qui t'ayme;
Qu'elle hait le deſordre, & que ta folle amour

Est vn desordre, vn monstre horrible aux yeux du iour:
Quoy m'aymer! moy, ta sœur, & mesme ouurir la bouche
Pour l'horrible dessein de prophaner ma couche:
Rentre dans ton deuoir, rapelle ta raison,
Juge où ta pû porter cet amoureux poison,
Et qu'en le conseruant il peut t'estre funeste,
Et trouuer vn Atrée aussi bien qu'vn Thieste.

CLARIMENE.

L'Amour est sans raison, & n'en veut point auoir,
Et ne releue pas d'vn importun deuoir,
Vos discours ont acreu celle que ie vous porte,
Plus vous la rebuttez, & plus ie la rends forte;
Et le temps, la raison, vn Roy, ny son couroux,
N'auront point le pouuoir de l'emporter sur nous.

ALCINEE.

Si tu ne le crains point crains ma haine.

CLARIMENE.

Madame,
C'est tout ce que ie crains.

ALCINEE.

C'est le prix de ta flâme.

CLARIMENE.

Considerez-la mieux.

ALCINEE.

Considere ma foy.

CLARIMENE.

Ie n'ayme rien que vous.

ALCINEE.

Moy, ton frere & ton Roy.

CLARIMENE.

Ce poinct vous deffend il de cherir qui vous ayme?

ALCINEE.

Non, & ie t'ayme aussi.

CLARIMENE.

Bien peu.

ALCINEE.

Non à l'extreme.

CLARIMENE.

Comme amant.

ALCINEE.

Comme frere.

CLARIMENE.

Ah vain soulagement,
Ce nom m'est odieux.

ALCINEE.

A moy celuy d'amant,
Ie ne le puis entendre.

CLARIMENE.

Et ie ne le puis taire.

ALCINEE.

La loy le rend injuste.

CLARIMENE.

Et l'Amour necessaire.

ALCINEE, dit tout bas les deux premiers vers.

S'il persiste long-temps dans cette estrange erreur,
Ie crains que cet amour le porte à la fureur,
Donnons-luy de la crainte : Enfin lasche, enfin traistre,
C'est trop m'importuner, c'est trop faire paraistre

Que tu respectes mal & ton frere & ton Roy.

CLARIMENE.

Ce beau tiltre à present n'appartient plus qu'à moy.

ALCINEE.

I'aprends par ce discours ce qu'il me vouloit dire,
En me voulant laisser Regente en cet Empire;
Prends ce tiltre, voila qui te l'a fait donner,
Et pour sa recompense on la veut suborner:
Mais ainsi que tes feux ta vanite m'offence,
Et l'honneur de ton frere en demande vengeance,
Et pour le satisfaire aprends qu'à son retour,
Ce Roy sçaura ton crime ainsi que ton amour. Elle s'en va.

SCENE III.

MELISTEE, CLORINIE, CLARINENE, SIDION.

MELISTEE.

O La belle action; mais ie croy qu'elle irrite
Cet amant insolent, voyez comme il medite,
Et comme il est confus.

CLORINIE.

Acheuons d'escouter,
Et de mourir ensemble.

CLARIMENE.

Ay-je pû suporter
Que cet ingrat objet que la colere anime,
Couurit mes passions du noir tiltre de crime,
Me dit; infame, traistre, aprends qu'à son retour,
Le Roy sçaura ton crime ainsi que ton amour;
Sans d'vn coup de ma main qu'eut aprouué sa haine,

Finir deuant ses yeux & ma vie & ma peine,
Pour luy dire en mourant; Voy monstre sans pitié,
L'effet de ta rigueur & de mon amitié;
Mais les regrets sont vains pour les choses passées,
Et ce facheux discours vient troubler mes pensées,
Que peut-estre demain, que possible en ce iour,
Le Roy sçaura mon crime ainsi que mon amour:
Preuenons, ma raison, cette rude menace,
Ie suis dans la tempeste, elle est dans la bonnace;
Renuersons ce destin, & par vn grand effort
Poussons-la dans l'orage, & mettons nous au port:
Couurons-la du peche que sa bouche m'impute,
Le coup en est facille, il faut qu'il s'execute;
Courons trouuer le Roy dans son camp, en sa Cour,
Couurons-la de mon crime, & cachons mon amour:
Disons-luy que l'ingrate a conceu dans son ame,
Pour mon peu de merite, vne illicite flame,
Qu'elle a voulu porter vn frere si loyal
A commettre vn inceste, & dans son lit royal:
Que veux-tu faire?

SIDION.

Quoy faut-il que vostre Altesse
Dans ce commun bon-heur conserue la tristesse;
Le Roy vient d'arriuer.

CLARIMENE.

Où dans Albe?

SIDION.

Non pas.
Mais dedans vn chasteau qui n'en est qu'à cent pas.

CLARIMENE.

Son nom.

SIDION.

C'est Artabase, il est à la Princesse
Qui communique à tous ce sujet d'allegresse,
Et qui me l'ayant dit disparut à mes yeux,
Pour en porter aussi la nouuelle en ces lieux.

CLARIMENE.

Prenons l'occasion, preuenons cette ingrate;
Ce prompt retour m'estonne autant comme il me flate:
Courons iusqu'en ce lieu, car c'est nostre deuoir,
Et feignons de mourir du plaisir de le voir.

SCENE IV.

MELISTEE, CLORINIE, SIDION.

CLORINIE.

A *Pelle Sidion.*

MELISTEE.

Sidion.

SIDION.

Qu'est-ce.

CLORINIE.

Escoute.

SIDION.

Le temps me presse vn peu.

CLORINIE.

Resoudras-tu mon doute,
Sçais-tu qui le Prince ayme?

SIDION.

Ou ie me suis mépris.

Qu vos feux mutuels me l'ont assez apris.

CLORINIE.

Il ne sçait rien, helas! aprends que ce parjure
Me quite, & que sa flame a change de nature.

SIDION.

Qu'il est changé!

CLORINIE.

Il l'est, & la Reyne aujourd'huy
Triomphe en mesme temps de ma gloire & de luy.

SIDION.

Cet accident me trouble.

CLORINIE.

Il fait plus, il me tuë,
J'en ay l'ame de honte & de rage abatuë.

SIDION.

Mon deuoir auec luy m'apelle aupres du Roy,
Et par cette raison, Madame, obligez moy
De dire en peu de mots ce que ie pourray faire
Pour seruir vostre amour & pour le satisfaire;
Vous auez esleué mon heur tout iusqu'au bout,
Et pour vous obliger aussi i'oseray tout,

CLORINIE.

Il va trouuer son frere, ou plustost il y volle,
Obserue à leur abord l'action, la parole,
Et sur tout s'il le tire & luy parle en secret,
Tasche de l'escouter, Adieu.

MELISTEE.

S'il est discret;
Croyez-vous qu'il le fasse?

CLORINIE.

Oüy chere Melistée,
I'ay poussé sa fortune où tu la vois montée,
Oüy ie l'introduisis chez ce Prince imprudent,
Il est mon espion, il est son confident:
A quel poinct de malheur le destin m'abandonne,
Pour le bien captiuer il faut vne Couronne;
Car c'est de son éclat que ce perfide Amant
Veut tirer la raison d'aymer infiniment:
Vollage pour gagner vn cœur qui t'idolatre,
Tu n'eus que ma froideur & mon ame à combatre;
Mais pour porter la Reyne à tomber sous ta loy,
Il faut vaincre vne amour, vne prudence, vn Roy;

Mais vn Roy dont la main tient tousiours vn
tonnerre,
Qui fait à tes pareils vne mortelle guerre,
Dont il sçaura dompter ta folle passion;
Et comme vn Iupiter punir vn Ixion:
Songe à ce chaste feu qui consuma nos ames,
Songe à ces saincts desirs qui nourissoient leurs
flâmes,
Songe qu'en les quitant, tu deuiens de vainqueur
Le captif criminel d'vn inflexible cœur,
Qui d'autant que ie t'ayme & te fuit & t'ab-
horre,
Et qui hait ton amour autant que ie l'honore;
Mais ce sable où le mien ietta son fondement,
Est trop loin pour oüir ce vain raisonnement;
Et quand il l'entendroit il est trop dans l'orage
Pour s'en pouuoir tirer, & gagner le riuage.
Vains & bruslans desirs, foible & debile espoir,
Qui naissez le matin, & qui mourez le soir,
Sermens fort mal fondez, foy fort mal asseurée,
Honneur, gloire, grandeur de si peu de durée,
De son vollage amour beaux restes superflus,
Sortez de ma memoire, & n'y reuenez plus;
Vostre pere animé du feu qui me consume,
Vous a fait naistre doux, vous change en amer-
tume,
Par le dur souuenir qui me reste aujourd'huy

De vous auoir receus, de vous perdre auec luy.

MELISTEE.

Madame.

CLORINIE.

Ah laisse-moy plaindre mon infortune,
Et plains-las'il se peut, qu'elle te soit commune.

MELISTEE.

Ie la sens, ie la plains; mais quels que soient ses coups,
Madame, la raison se plaint vn peu de vous.

CLORINIE.

Pourquoy?

MELISTEE.

Vous soupirez de perdre vn infidele,
Qui prefere à la vostre vne ardeur criminelle,
Vn ingrat, vn trompeur, indigne de son rang,
Qui n'espargne vos vœux, ny la loy, ny son sang:
Qu'aymez-vous en l'aymant, ses qualitez, ses charmes,
Pour vaincre vn noble cœur ce sont de foibles armes,
Il n'en doit receuoir qu'vn amour imparfait,

Et la seule vertu le doit vaincre en effet;
C'est d'elle qu'il doit suiure & cherir les ateintes,
Et c'est en la perdant qu'il doit ietter des plaintes.

CLORINIE.

Alors qu'vn ieune cœur commence à s'enflâmer,
Il obserue fort peu ces maximes d'aymer,
Si ce qu'il ayme est rare, & s'il a l'auantage
Que l'éclat de son nom en donne à son visage,
Il preocupe tout, & s'il est sage ou non,
Et s'il a des vertus on en croit le renom,
Qui naissant bien souuent des fauoris d'vn Prince,
Le fait ce qu'il n'est pas aux yeux de la Prouince:
C'est par ce faux éclat que mon cœur s'enflâma,
On fit mon Amant sage, il le creut, il l'ayma;
D'ailleurs l'ambition qui m'a tousiours flatée,
Qui fit naistre ma flâme, & la fort augmentée,
Me dit qu'il est né Prince, & que ioint auec moy,
Et son frere au tombeau, ie suis Reyne, il est Roy.

MELISTEE.

Quel qu'il soit auoüez qu'il faut estre vn peu lasche
Pour aymer mesme vn Roy soüillé de mesme tache;
Que de quelque façon qu'vn cœur soit amoureux,

Quand il ayme vn perfide il n'est plus genereux;
Qu'il faut pour épancher des l'armes raisonnables,
Que la cause en soit iuste, & les effets semblables:
Ce n'est pas seulement pour choquer cette loy
Que la raison se plaint du dueil où ie vous voy;
Mais de ce que pendant que vostre voix l'exprime,
Possible vostre Amant va faire vn autre crime.

CLORINIE.

Vn esprit offencé dans l'ardeur du couroux,
Prendroit mesme le ciel pour le but de ses coups;
Mais lors que la raison a repris son vsage,
A dissipé ses flots, a calmé cet orage;
Il condamne souuent ce transport incensé,
Et conçoit de l'horreur de ce qu'il a pensé:
Ainsi quelque dessein que l'ingrat se propose,
Sans doute vn mesme effet naistra de mesme cause.

MELISTEE.

La raison ne peut rien sur vn esprit trompeur,
Irrité d'vn mepris, & piqué de la peur;
Que s'il ne preuient pas, craint que l'on le preuienne,
Qui par vne autre perte éuitera la sienne:

Madame, songez-y, le mal presse beaucoup;
Il en faut preuenir, ou permettre le coup;
L'vn est vn acte iuste, & l'autre illegitime;
L'vn regarde vn deuoir, l'autre regarde vn crime;
Iugez de quel costé vostre esprit doit pancher;
La Reyne vous est chere.

CLORINIE.

Et mon Amant m'est cher.

MELISTEE.

Mais souffrir son forfait.

CLORINIE.

Mais agir pour sa perte.

MELISTEE.

Apres sa trahison pleinement découuerte,
Ce seroit vous venger.

CLORINIE.

Ce seroit le trahir.

MELISTEE.

La raison vous l'ordonne.

CLORINIE.

CLORINIE.

Et luy puis-je obeïr.

MELISTEE.

Et qui vous en empesche.

CLORINIE.

En doutes-on encore ?

MELISTEE.

C'est ce funeste amour.

CLORINIE,

C'est ce Dieu que i'adore;
Et qui pour s'oposer à ton bon sentiment,
Me dit que l'obseruer c'est perdre mon Amant.

MELISTEE.

Et ne le faire pas, c'est perdre vne innocente.

CLORINIE.

Qu'elle estrange misere.

MELISTEE.

Mais qu'elle est importante.

CLORINIE.

Ie perds vne innocente encore en le faisant.

MELISTEE.

Ce discours est obscur.

CLORINIE.

Et ton esprit pesant,
Aprends par mon amour que ie trempe en sa peine,
Qu'on perdra Clorinie en perdant Clarimene,
Et que tout noir d'vn crime il garde de l'eclat,
Qui ioint cette innocente au sort de cet ingrat.

MELISTEE.

Il ne vous ayme plus toutesfois.

CLORINIE.

Mais ie l'ayme,
Son changemẽt me trouble & m'aflige à l'extreme,
I'ay son crime en horreur, & ie voy son dessein
De mesme œil qu'vn poignard qui m'ouuriroit le sein;
Tout me le rend suspect, tout conclut pour ma haine,
Ie la luy veux offrir, ie veux briser ma chaisne;
Mais il vient s'oposer à ce bon mouuement,
Il s'offre à mon idée, il m'y paraist charmant.

Et mon esprit s'en forme vne belle peinture,
Qui fait croistre vne amour qui vit sans nouriture.

MELISTEE.

Que vous raisonnez bien.

CLORINIE.

En quoy, fille.

MELISTEE.

En ce point,
L'espoir nourit l'amour, & vous n'en auez point.

CLORINIE.

Tu ne m'entens pas bien, tu prends mal ma pensée,
Mon amour s'est noury d'vne faueur passée,
Puisque la nouriture est ce feu mutuel,
Que i'ay receu cent fois des yeux de ce cruel;
Mon espoir n'est pas mort, i'en garde, Melistée,
Et quoy qu'il soit perfide, & quoy qu'il m'ait quitée;
De mon bon-heur futur l'amour vient m'auertir,
Il me dit, sois constante, atens son repentir:
Mais i'oubliois icy le sujet qui m'y meine;
Allons tout de ce pas en auertir la Reyne:
Et s'il se peut apres inuentons vn moyen
D'empescher son malheur sans acroistre le mien.

SCENE V.

CLARIMENE, LE ROY, AGIS, SIDION, PHILON.

CLARIMENE.

SIRE, c'est à regret qu'il faut que ie la blâme,
Oüy ie l'ay veu cent fois l'œil en pleurs, l'œil en flâme,
Me prier, me presser de voix & d'action,
D'assouuir dans son lict sa folle passion:
Mais loin de l'escouter, ou l'auoir satisfaite,
I'ay condamné ses feux, i'ay blâmé sa deffaite;
Cependant ie l'ay fait pour obliger vn Roy
Que mon malheur deffend de se fier à moy.

LE ROY.

Qui s'en est deffié, parlez.

CLARIMENE.

Vous-mesme, Sire;
Quand les forces du Turc ataquent vostre Empire,

Quand vous l'allez combatre, & mesme repouser,
Ie vous peze, on me craint, on desire laisser
Les resnes de l'Estat dans les mains d'vne Reyne,
Qui m'ayme, que la peur de meriter ma haine
Empesche de monter en vn degré si beau,
Porte à me procurer cet illustre fardeau.

LE ROY.

Ce secret que ma voix ne mit que dans son ame,
Que ie cognois trahy par sa coupable flâme,
Me prouue qu'auec luy mon amour l'est aussi:
Estouffez ces soupçons qui nous troublent icy;
Il est vray, i'ay voulu luy donner la regence,
Mais l'amour m'y porta, non pas la deffiance;
Ie sçay que vous tenez vn tres-illustre rang,
Et qu'en doutant de vous ie trahirois mon sang:
Que mon estonnement est estrange, est extreme,
Que ma propre raison se trompa bien soy-mesme,
Que ie me sens confus en cette aduersité,
Ie iugeois sa prudence égalle à sa beauté,
Ignorant que le Ciel sceut farder son ouurage,
Voyant vn si beau corps i'en croyois l'ame sage;
Et i'aprends de ses feux fatals à mon renom,
Que cette image d'or ne cache qu'vn demon,
Que cette belle fleur ne couure qu'vn vipere

Qui dechire ma gloire, & la sienne & sa mere:
Vain & coupable objet de ma iuste fureur,
Tout ensemble du iour la merueille & l'horreur,
Ton chastiment de prés suiura ton insolence,
Mon amour en fureur change sa violence,
Et tout ce qu'il medite en ce funeste ennuy,
C'est de se perdre enfin, & te perdre auec luy;
C'est d'enfermer ton nom dedans ta sepulture,
Ou de le rendre horrible à la race future:
Le perdre! ah mon amour reuoque cet arrest,
Cet objet est charmant tout criminel qu'il est:
La noirceur de son crime a ma gloire blessée,
Mais elle n'oste pas ses traits de ma pensee;
Il est aymable & traistre, il est rare & cruel;
Sa beauté iette vn feu, son crime vn coup mortel:
Vains atraits, vain amour, sortez de ma memoire,
Si l'vn blesse mon cœur, l'autre blesse ma gloire;
Et d'autant que la gloire est le plus digne objet,
Perdons pour la venger l'amour & son sujet.
Tonne, Ciel, fais pleuuoir vn deluge de flâme,
Et des feux de ta foudre éteins ceux de son ame,
Ou mon bras animé par vn iuste couroux,
Si vous ne me vengez, me vengera sans vous;
L'impudique en moura, ie le veux, ie le iure,
Ma fureur dans son sang lauera mon injure:
Si vous estes encor ennemis du forfait,

Dieux, i'en fais le dessein, aprouuez-en l'effet.

CLARIMENE.

Puis qu'vn si iuste arrest n'est pas fort necessaire,
Qu'on peut la punir mieux en estant moins seuere.
Monseigneur, s'il se peut, destournez-en l'effet,
Laissez a ses remords à punir son forfait,
Oüy laissez-luy la vie afin qu'elle la pleure,
Quiconque vit sans gloire il expire a toute heure.

LE ROY.

La mort est le seul mal qui vange infiniment,
Et son crime infiny veut vn tel chastiment.

CLARIMENE.

L'amour & la raison vous parlerons pour elle.

LE ROY.

De la perdre en ingrate, ou bien en criminelle.

CLARIMENE.

De songer qu'elle est belle, & fille d'vn grand Roy.

LE ROY.

Qui sçachant son forfait la perdroit comme moy.

CLARIMENE.

Vn desir sans effet la rend-il si coupable?

LE ROY.

La loy qui nous l'aprend rend sa mort equitable.

CLARIMENE.

Mais l'oster pour iamais à l'œil qu'elle a blessé.

LE ROY.

L'aspect du criminel offence l'offencé.

CLARIMENE.

Pour empescher ce mal, commandez qu'on l'absente.

LE ROY.

I'en garderois l'idée, & l'a sçaurois viuante,
Ie verrois ses beautez en pensée, en esprit,
Et ce puissant Amour dont le trait me meurtrit,
Pouroit possible encor reblesser ma memoire,
Et me la faire aimer au mépris de ma gloire.

SIDION.

O Dieux! que disent-ils, & que n'aprens-je pas?

LE ROY

LE ROY, à Agis qui vient.

Qu'est-ce?

AGIS.

Forces Seigneurs sont arriuez là bas,
Qui desirent vous voir, Sire.

LE ROY.

Qu'on les amene.
Horreur de mon amour, digne objet de ma haine,
Tes iours auec ce iour verront leur occident:
Mon frere mon secours, & toy cher confident,
Ne m'abandonnez-pas, plaignez mon infortune;
Dés que i'auray quité cette troupe importune,
Vous m'acompagnerez iusqu'en mon cabinet,
Et là ie vous diray quatre mots en secret.

ACTE III.

SCENE PREMIERE.

SIDION, CLORINIE, MELISTEE.

CLORINIE.

ACheue, à ce discours ie doute si ie veille.

SIDION.

C'est vn recit qu'il fait des discours qu'il a oüis estant aupres du cabinet du Roy.

Ie me coule, i'auance, & preste mieux l'oreille,
Lors le Roy parle ainsi : I'en suis trop outragé,
D'vn si sensible affront ie veux estre vangé :
Philon, va de ma part trouuer cette insolente,
Couure de mon amour ma rage violente,
Dy luy que de ces lieux où ie suis maintenant
L'on voit vn certain bois sous vn roc éminent,
Et que ie la conjure, ayant quité sa suite,
De s'y rendre dans peu, seule, & sous ta conduite;

C'est là que ma vengeance assigne son trespas,
Dés que vous y serez, amy ne tremble pas,
Que ta main par son Roy iustement ocupée,
Luy plonge dans le sein le poignard ou l'espée,
Pour y porter la mort, pour en tirer vn cœur,
Qui trahit laschement vn si digne vainqueur;
Tu me l'apporteras, cet acte est necessaire,
Pour prouuer que Philon m'aura pû satisfaire;
Pour son corps aussi-tost tu le pouras cacher,
Dedans cet antre affreux qu'on voit sous le rocher.
Madame, voila tout.

CLORINIE.

Et trop pour Alcinée,
Princesse vertueuse autant qu'infortunée,
Que d'vn fascheux destin tes beaux iours sont suiuis:
Ah fille ie deuois mieux suiure tes auis,
Et malgré mon amour acuser ce barbare,
Qui soüille en la soüillant vne vertu si rare,
Que i'en ay de regret.

MELISTEE.

Que sert d'en soupirer;
C'est vne faute faite, il la faut reparer;
Et puis que c'est le but de toute l'entreprise,

Cessons de discourir de peur d'vne surprise,
Et nous allons cacher où tu peux te douter
Que ce funeste arrest se doit executer.

SIDION.

Si ie ne suis trompé, nous en sommes bien proche,
Voicy le fort du bois, & le bas de la roche.

CLORINIE.

Quand i'iray m'oposer à ce cruel dessein,
Ne nous suis que de l'œil; mais tiens tousiours la main
Preste à meurtrir Philon, ou l'empescher de force,
Si toutes mes raisons se trouuent sans amorce.

SCENE II.

ALCINEE, PHILON, CLORINIE, MELISTEE, SIDION.

ALCINEE.

EN sommes nous fort loin?

PHILON.

Non tout proche.

ALCINEE.

Dy-moy,
Est-ce icy le chemin qu'aura tenu le Roy,
Y seroit-il desia?

PHILON.

Je le pense, Madame;
Car pressé du desir qui transportoit son ame,
Il partit aussi-tost qu'il cessa de parler.

CLORINIE.

Où vas-tu pauure Reyne, on te va immoler.

On te meine égorger & seruir de victime,
Pour celuy qui supose & qui commit ton crime.

PHILON.

Madame, il n'est plus temps de vous taire vn malheur,
Qui ioint vostre infortune aueque ma douleur,
La volonté du Roy qui veut estre suiuie,
Vous fait venir icy pour y perdre la vie;
C'est à mon grand regret qu'il s'est seruy de moy,
Mais ie dois obeïr, il le veut, c'est mon Roy.

ALCINEE.

Marchons, marchons rieur.

PHILON.

Donnez plus à la crainte,
Croyez que ie vous parle & sans rire & sans feinte,

ALCINEE.

N'en parlons plus, le Roy n'est pas trop loin d'icy.

PHILON.

On y voit point le Roy, mais la mort, la voicy.

ALCINEE.

Tout-beau, cesse de feindre.

PHILON.

Et vous d'estre incredule.

ALCINEE.

Tu ne me fais pas peur, ta feinte est ridicule,
Le Roy te le fait faire, il nous voit.

PHILON.

C'en est fait,
Croyez ce qu'il vous plaist, mais i'en vais à l'effet.

CLORINIE.

Courons, il en est temps: Traistre, assassin, perfide,
Commettre sur ta Reyne vn meurtre, vn parricide,
Ne crains-tu pas le Ciel?

PHILON.

Madame laissez-moy,
N'empeschez pas icy la volonté du Roy.

CLORINIE.

La volonté du Roy, ce Monarque équitable
N'a point authorisé ce meurtre detestable,
C'est ta rage, insolent.

PHILON.

Croyez-moy s'il se peut,

Ie fais ce qu'il m'ordonne, & vous dis ce qu'il veut,
Ce n'est pas sans iustice; il tire sa colere
De l'amour criminel qu'elle porte à son frere,
Qui sans doute eut produit vn acte incestueux,
Si ce Prince eut esté moins sage ou vertueux.

ALCINEE.

Qu'entens-je, que dis-tu, qui l'en eust creu capable?
Il m'acuse d'vn crime, il en est le coupable.
Madame.

CLORINIE.

Ie le sçay, i'ay veu ce suborneur,
Aux dépends de sa honte, attaquer vostre honneur.

PHILON.

Tramez mieux ce mensonge, ou ce bel artifice,
Qui tend à diuertir l'effet de mon office;
Il est trop vertueux pour l'auoir pû songer,
Et le Roy trop prudent pour croire de leger.

CLORINIE.

Cette mesme vertu se fit son ennemie
Alors qu'il la couurit de sa propre infamie,

Et

Et quand le Roy le creut & conclut son trépas,
S'il a de la prudence elle n'agissoit pas;
Sur vn raport il croit que sa gloire est blessée,
Que sa vertu soit morte aussi bien qu'éclipsée,
Et suiuant la chaleur du premier mouuement,
Il la condamne à mort, est-ce agir prudemment?
Non, Philon, quelque grand qu'vn atentat puisse estre,
Auant que le punir on le doit bien connaistre;
S'il sçait cette raison il l'obserue fort mal:
Mais s'il fut imprudent, sois discret à l'égal,
En secondant mes vœux, en suiuant ma priere,
En luy laissant enfin la vie & la lumiere,
Asseuré que le Ciel par vn secret bon-heur
Luy rendra dedans peu son Espoux & l'honneur.

PHILON.

Alors qu'on l'a perdu le Ciel ne le peut rendre:
Mais m'osez vous presser, mais pourois-je entreprendre
De n'executer pas les arrest de mon Roy,
Pour attirer apres sa colere sur moy;
Non ne differez plus l'effet de sa iustice,
Ce Monarque l'ordonne, il faut qu'elle perisse;
Ceder à vos raisons excede mon pouuoir,
Car en les écoutant, i'écoute mon deuoir,
Qui me dit qu'en suiuant vostre injuste requeste,

Ie perdrois ma fortune & proscrirois ma teste:
Preuoyant ces malheurs, ie vous laisse à iuger
Si ie vous dois ceder, si ie m'y dois plonger.

CLORINIE.

Ton lasche sentiment se couure d'vne excuse,
Qui prise auec bon sens ne dit rien ou t'acuse,
Tu veux que ton deuoir pousse vn bras desloyal,
Et l'oblige au forfait d'épandre vn sang royal;
Et ce mesme deuoir est la loy souueraine
Qui t'oblige au respect que tu dois à ta Reyne,
Et qui donne aux subjets vne mort pour leur chois
Plustost que d'épancher l'illustre sang des Roys;
Et tu veux cependant prendre cette licence,
Et faire vn crime double en frapant l'innocence:
Tu la vois inhumain en voyant son aspect,
Elle veut ta pitié, tu luy dois du respect.

PHILON.

Il est vray ie luy dois, mais malgré mon enuie
Par vn autre respect i'atente sur sa vie;
Et i'offrirois la mienne à payer son trespas,
Si son crime & mon Roy ne le demandoient pas;
Il le veut de ma main, il faut que i'obeisse.

CLORINIE.

Pese ton interest, il veut qu'on le trahisse;

Oblige-t'il ſans honte à des effets ſi bas
Ta main qui chaque iour luy ſert dans les combats,
Ta main qui chaque iour trauaille pour ſa gloire,
Veut-il qu'auec ton nom on cite dans l'hiſtoire
Qu'il t'a fait mépriſer l'honneur pour l'intereſt
L'injuſte executeur de ſon injuſte arreſt,
Qu'il a fait ſon boureau d'vn homme de ta ſorte;
Pour toy, pour ton honneur, la colere m'emporte:
Voila ta belle charge, y vois-tu ton bon-heur,
Auſſi bien qu'à ton Roy tu dois à ton honneur.

PHILON.

Si dans cette action ie fais vn acte infame,
Si i'en ay de la honte, il en aura du blâme;
N'eſt-ce pas vn deſtin trop glorieux pour moy,
Que de me voir tremper dans celuy de mon Roy?
Oüy, Madame, il le faut, ſi ie vous deſoblige
C'eſt aueque regret, & ſa perte m'afflige:
Mais c'eſt vn iuſte arreſt que ie ne puis changer,
Et mon Roy par ſa mort m'oblige à le venger.

CLORINIE.

Deuſay-je l'irriter, cette ſentence infame
N'aura point ſon effect tandis que i'auray l'ame,
Il eſt indubitable.

ALCINEE.

Et ie le ſouffriray,

Non, non, contentons mieux ce cœur dénaturé,
Il veut m'oster le iour, souffrez que i'y consente,
Ie mouray sans regret, en mourant innocente;
Tien cruel, tien barbare, oblige vn inhumain,
Acheue, prends ma vie, on l'atend de ta main:
Perce, ouure donc ce sein, ne te rends point timide,
A l'inceste d'vn traistre adjouste vn parricide,
Laue aueque mon sang ses crimes aujourd'huy,
C'est celuy d'vn aigneau, tu l'immoles pour luy,
Tu differes.

PHILON.

Madame, il est vray ie differe,
Ce qu'elle n'a pas fait ce transport l'a pû faire,
I'ay long-temps resisté, i'ay long-temps combatu,
Mais dans cette action i'ay veu vostre vertu,
Quelque tache qu'elle ait elle est encor aimable,
Ie vous crois innocente, ou du moins peu coupable,
Et quelque grand malheur qui m'en puisse arriuer,
Le sort en est ietté, ie veux vous conseruer

CLORINIE.

Tu le peux sans danger, aprends qu'il nous importe
Qu'on ignore cet acte, & qu'on la pense morte.

PHILON.

Mais le Roy veut son cœur.

CLORINIE.

Tantost vn furieux
A tué vne biche à dix pas de ces lieux,
Suposons-luy le sien, chaque cœur se ressemble.

PHILON.

Il est vray.

CLORINIE.

Pour le prendre allons-nous-en ensemble
Iusques dans vn chasteau que i'ay proche d'icy.

ALCINEE.

Là ie plaindray mes maux.

CLORINIE.

Et moy les miens aussi.

SCENE III.

CLARIMENE.

REmords qui faites naistre en mon ame abatuë
Vn ennuy qui la troublr, vne peur qui la tuë,
Qui vengez d'Alcinée & l'injure & le tort,
Qui m'amenez icy pour empescher sa mort,
Vous naissez vn peu tard, Philon d'vn coup d'épée
A, peut-estre, sa trame & la mienne coupée;
Si ses pleurs n'ont touché ce courage inhumain,
Si la compassion n'a retenu sa main;
Mais sa fidelité m'aprend desia son crime,
Rien ne peut l'atendrir quand le deuoir l'anime.
Ma crainte, mon amour, non, non, esperons mieux,
Il n'a point obey, puis qu'il n'est pas sans yeux;
Alcinée a des traits, Alcinée a des charmes,
Son cœur s'est amolly dedans l'eau de ses larmes:
Mais tu parles de luy, detestable imposteur,
Comme s'il possedoit & tes yeux & ton cœur;
Vn subjet est aueugle en son obeïssance

Quand son Roy par sa main fait agir sa vengeance,
Et c'est ce que peut-estre il exerce aujourd'huy;
N'esperons rien de nous, n'atendons rien de luy:
Amour, Iustice, Dieux, obligez vn perfide,
Empeschez ce funeste & damnable homicide:
Mais courons pour le faire, ou bien pour le punir,

SCENE IV.

CLARIMENE, SIDION, PHILON.

CLARIMENE.

I'*Aproche.*

PHILON à Sidion.

Cache-toy.

CLARIMENE.

Mais ie le voy venir:
Qu'as tu fait, d'où viens-tu?

PHILON.

D'assouuir vostre haine,

Et celle de mon Maistre, en punissant la Reyne,
En luy donnant la mort.

CLARIMENE.

Tu l'as fait.

PHILON.

Sidion,
Icy.

SIDION.

L'estrange effet de cette passion;
Soulageons-le il reuient.

CLARIMENE.

Tu l'as fait, qu'elle est morte?

PHILON.

La preuue en est certaine aux gages que ie porte,
Monseigneur, s'il vous plaist.

CLARIMENE.

Ah ne me fais pas voir
Cet objet de mon dueil & de mon desespoir,
Où le Ciel auoit mis vne vertu celeste,
Qui luy fut glorieuse, & qui luy fut funeste:
Cruel, quand tu l'ottas de son illustre lieu,
Vn sentiment secret, ou plustost quelque Dieu,
N'a-t'il

N'a t'il point condamné ta barbare licence,
Ne t'a-il point parlé touchant son innocence,
N'a-t'il point retenu ta main & ta fureur,
Ne t'a-il point donné des sentimens d'horreur:
Oüy, mais ton lasche esprit alteré de carnage
Escoutoit beaucoup mieux les discours de sa rage,
Qui n'a peu contenter la soif qu'elle ressent,
A moins que l'etancher dans vn sang innocent:
Tu l'as bien osé faire, ingrat, mais cette lame
Te le fera vomir, & le tien & ton ame;
C'est ce que veut ce cœur encor chaud de courroux
D'auoir esté percé par tes indignes coups.
Mais quelle autre raison retient cette colere;
S'il commit vn forfait mon crime luy fit faire,
Les coups qu'il a donnez partoient d'vn imposteur,
Il en fut l'instrument, mais moy i'en suis l'auteur:
Mais ie veux t'excuser, & i'en suis incapable,
Qui touche au sang des Roys il est tousiours coupable,
Ce cœur en eut la vie, & par ce souuenir,
Et ie le dois vanger, & ie te dois punir.

PHILON.

Retiens-le s'il se peut, cependant ie m'esquiue.

CLARIMENE.

Tu fuis.

SIDION.

Ah, Monseigneur.

CLARIMENE.

Ame basse & craintiue,
Tu nous deuois trahir pour ne nous point trahir,
Ne nous pas obeïr pour nous mieux obeïr;
Car dans ce triste iour tes mains toutes perfides,
En meurtrissant la Reyne ont fait trois parricides;
Car l'amour qui nous ioint à son destin fatal,
D'elle, du Roy, de moy, rendra le tort egal,
Et l'on sçaura demain que dans vn mesme orage
Elle mourut d'vn coup, luy d'ennuy, moy de rage.
Ah desia par l'effet de mes remords pressans
Cette noire furie acable tous mes sens,
Il entre en frenesie. *Trouble visiblement ma raison & mon ame,*
Semble acorder en elle & la glace & la flâme,
Semble acorder en elle en ce funeste iour,
La fureur, la raison, la colere & l'amour;
Sans doute on voit icy la premiere auenture
Du desordre où bien-tost doit tomber la nature;
Car le Ciel irrité de ce qu'elle a permis
L'horrible assassinat que mon crime a commis,

Afin de la punir va ietter sur la terre
Des fleaux plus dangereux que la peste & la guerre,
Va dans les elemens rallumer les discords,
Reprendre cet esprit qu'il infuse en nos corps,
Faire tout reuolter contre sa propre cause,
Et faire en fin fuir son centre à chaque chose.
O malheurs dont l'amour fut le seul instrument,
O bel œuure d'vn siecle éteint en vn moment,
Reyne dont les vertus n'eurent iamais de nombre,
Puis-je aueque mes pleurs apaiser ta belle ombre,
Puis-je aueque mes pleurs lauer mes atentats,
Si toute l'eau des mers ne les laueroient pas?
Feray-je auec mon sang cet effet equitable,
Paieray-je vn sang juste auec vn sang coupable?
Non, c'est pourquoy, grands Dieux, inuentez des tourmens,
Souleuez contre moy vos plus fiers elemens,
Faites que chacun d'eux me prepare vn suplice,
Que le feu me deuore, & que l'eau m'engloutisse,
Que la terre m'abisme, & qu'vn air furieux
Pour m'en precipiter m'esleue iusqu'aux cieux,
Ou bien que chacun d'eux m'otte dans cette enuie
Tout ce qu'il contribuë à conseruer ma vie.

SIDION.

Ie croy qu'il perd le sens.

CLARIMENE.

Comment estes vous sourds,
Ne donnay-je qu'à l'air ces violens discours,
Et verray-je à regret tous mes forfaits s'absoudre,
Et ma teste éuiter les carreaux de la foudre,
Cependant que la main qui l'en deuroit toucher,
Possible en d'autres lieux les perd contre vn rocher,
En trouble l'air & l'onde, & dans vne tourmente
En frape, ou fait trembler vne teste innocente:
Oüy ma plainte se perd en propos superflus,
Les fautes des mortels ne les irrite plus,
Vn peu de feu, d'encens, apaise leur colere:
Mais ie n'en vse point, & pour me satisfaire,
Et pour vous dépiter.

SIDION.

Il poura s'outrager.

CLARIMENE.

Ce ferme va punir, ce fer te va vanger
Toy qu'vn bras inhumain mit dans la sepulture,
Bien moins par son effort que par mon imposture:
Astre éteint pour la terre, & non pas pour les cieux,

Dont le portrait sanglant aparaist à mes yeux,
Reçois de cette main vn sanglant sacrifice,
Par qui mon desespoir va former mon suplice;
Oüy ie te dois ma vie, & ie vais te l'offrir:
Mais mon ressentiment le pouroit-il souffrir,
Qui meurt son mal finit, aux enfers, dans la gloire,
L'ame passe sans corps ainsi que sans memoire;
Mais qui vit criminel & garde ses remords,
Quoy qu'il ne meure pas il souffre mille morts:
Je delibere encore, & pour ma grande offence
Ie ne puis qu'en mon sang estouffer ma vengeance;
Contentons-la ma main, acheuons d'expirer,
Ie fais encore vn crime en voulant differer,
Sus meurs donc.

SIDION.

Arestez grand Prince.

CLARIMENE.

Ah qui s'opose
Au iuste desespoir que la fureur m'impose,
C'est donc toy, c'est en vain, il faut ie dois mourir.

SIDION.

Sans aide.

PHILON.

A ce besoin allons le secourir.

CLARIMENE.

Tu m'irrites enfin.

SIDION.

Tien luy le bras.

CLARIMENE.

Quoy traistre!
Deuant mes yeux encore oses-tu bien paraistre?
Mais ie me plains à tort, i'y consens, tu fais bien,
Ie dois auec mon sang sacrifier le tien,
Et tu viens me l'offrir, ç'a donne cette espée,
A l'instant dans nos corps tu la verras trempée:
Quoy tu ne le fais pas, quoy tu crains ce beau sort,
Et quand ie cours apres, tu fuis deuant la mort:
Tu commis mon forfait & tu me veux suruiure,
Fuis, fuis iusqu'aux enfers ie puis & veux te suiure.

SIDION.

Il faut courir apres, pour calmer sa fureur;
Ie l'aurois retiré de cette estrange erreur
Sans ce dernier discours que m'a fait la Princesse;
Possible que dans peu l'ingrat qui nous oppresse
Conceura pour son crime vn remords vehement;
Mais ne luy dites rien sans mon commandement.

ACTE IV

SCENE PREMIERE.

ALCINEE seule, & déguisée sous vn habit blanc.

Vaines & confuses pensées
Qui m'entretenez chaque iour
Du vent de mes grandeurs passées,
Et de la peine extreme où me plonge vne amour:
Helas cessez de me poursuiure,
Si le Ciel m'ordonne de viure
Dans ces lieux écartez le reste de mes ans,
Que ce soit pour le moins aueque cette gloire
De remporter vne victoire
Dessus mes maux passez & mes ennuis presens.

Si i'auois commis quelque crime
De la pensée ou du desir,
Si quelque flâme illegitime

M'auoit fait aspirer à ce sale plaisir,
Qui dans ses voluptez infames
Assouuit les brutalles ames,
Ie benirois mes maux, i'adorerois mes fers,
Ie dirois c'est bien peu qu'vn vulgaire suplice
Pour punir mon énorme vice,
Dieux faites-moy souffrir les plus grands des enfers.

Mais helas ma seule constance
A fait ataquer ma vertu,
On souffre à faute d'innocence,
Et moy i'ay trop souffert pour en auoir trop eu;
Ma honte naquit de ma gloire,
Et la raison m'oblige à croire
Que i'ay dans mes malheurs vn bon-heur tres-parfait,
C'est que par les effets de nos loys legitimes
L'on punit chacun pour ses crimes,
Et moy l'on me punit pour n'en auoir pas fait.

Ciel ie sçay que vostre iustice
Chemine & punit lentement,
Elle ayme que l'auteur d'vn vice
Dedans son repentir trouue son chastiment;
Quand elle s'arme d'vne foudre
Pour punir & reduire en poudre
Les mortels que son œil recognoist criminels,

Atendant leurs remords elle tient la main haute,
Et s'ils s'obstinent dans leur faute,
Elle ne lance plus que des coups eternels.

Par ces raisons mon ame espere
Qu'vn iour ta charitable main
Se lassant de voir ma misere
Touchera d'vn remords vn esprit inhumain,
Luy fera releuer ma gloire,
Et publier à la memoire
Auec quelle injustice il me noircit ainsi:
Ciel se sont tous mes vœux, Ciel épargne sa teste,
Il m'est cher, & vostre tempeste
Sans doute en le frapant me fraperoit aussi.

Quel estrange destin me guide & me conduit,
Ma vertu m'est fatalle, on la hait, on la fuit,
Et loin de la produire égalle & toute nuë,
Il me faut déguiser pour la rendre inconnuë:
Mais pour luy donner mieux & les pleurs & la voix
Cherchons vn lieu secret dans l'épesseur du bois;
Ce changement d'habit, & la nuit qui va naistre,
Et dissipent ma crainte, & me font méconnoistre.

SCENE II.

CLARIMENE.

Bois, campagnes, rochers ne vous lassez-
vous pas
De me voir tant chercher & tant perdre de pas?
Contentez mes desirs & terminez ma peine,
Découurez-moy la place où mourut vne Reyne,
Et comme son beau sang y doit estre épandu,
Souffrez que ie l'adore apres l'auoir perdu,
Et que mon desespoir assisté de mes armes,
Le mesle auec du mien ou bien auec mes larmes;
Si ce rocher le couure il est si glorieux
D'auoir comme en depost ce tresor precieux,
Qu'alors que ie l'obserue il n'est plus insensible,
Il le cache en son sein, ou le rend inuisible.

ALCINEE.

Mais c'est assez resuer & dire nos malheurs
Aux vents par nos souspirs, aux herbes par nos
pleurs,
Fondant tout nostre espoir sur la faueur celeste,

Conseruons la vertu si nous perdons le reste.

CLARIMENE.

Il y faut retourner, apres auoir cherché
Si sous ces cabinets on ne la point caché:
Mais qu'est-ce qui paraist sous ce fueillage sombre,
N'est-ce pas ce beau corps, ou plustost sa belle ombre?
C'est elle, ayant des yeux ie ne puis l'ignorer:
A genoux, criminel, il la faut adorer.
Belle ombre écoutez-moy, tournez icy la veuë.

ALCINEE.

Qui me parle, que vois-je? helas ie suis perduë!
Fuis; mais tout m'est contraire.

CLARIMENE.

Ah bien loin de m'oüir
Elle ferme l'oreille & va s'éuanoüir.

ALCINEE.

Me prendroit-il pour ombre?

CLARIMENE.

Ah souffre mon bel Ange
Si i'ay causé ta mort que cette main te vange.

ALCINEE.

Sans doute il eſt trompé, trompons-le encore mieux.

CLARIMENE.

Et que preſentement elle immole à tes yeux
Vn cœur à qui ſon crime & les fureurs celeſtes
Donnent à tous moments des tortures funeſtes,
Et ſi cette victime eſt vn trop foible effet
Pour payer dignement le tort que ie t'ay fait,
Inuente des tourmens, creuſe des precipices,
Je m'y vais expoſer, ou ie cours aux ſuplices,
Ou ie veux chaque iour endurer mille morts
Quand i'auray ſatisfait à mes preſſans remords,
Quand i'auray veu ton corps cet abregé des charmes,
Quand ie l'auray partout aroſé de mes larmes,
Et recuilly le ſang qu'vn traiſtre en fit couler;
Dy moy ſa ſepulture on m'y verra voler,
Ne me refuſe pas cette faueur inſigne.

ALCINEE.

Pour la bien receuoir il en faut eſtre digne,
C'eſt peu que des remords les crimes ſoient ſuiuis,
Il faut reſtituer les biens qu'on a rauis;
Tu m'as rauy l'honneur ainſi que la lumiere,

Rends le moy, remets moy dans ma gloire premiere,
Va détromper ton frere, & par ce iuste effet
Le Ciel sera content, mon esprit satisfait;
Fais que dans vn discours où ton remords s'exprime,
Il aprenne sa faute en aprenant ton crime:
Autrement malgré toy tu viuras dans ces lieux,
Oüi acompagneray ton cœur, tes pas, tes yeux;
Et feray ton enfer dans ta propre pensée,
En t'offrant vn corps mort, & ma gloire offencee.

CLARIMENE.

Si i'ay quelque regret il naist de ne pouuoir
Vous rendre encor la vie aueque ce deuoir,
Soit en perdant la mienne, ou par quelque auenture
Qui renuersast les loys qu'impose la nature,
Apres vne si grande & si iuste action
Ie trouuerois ma ioye en ma punition;
Mais iamais le destin ne renoüe vne trame,
Et par là vos desirs bornent ceux de mon ame;
Et pour les contenter, & vostre honneur aussi,
Ie m'en vais le lauer où ma voix l'a noircy:
Souffre apres les effets d'vne si iuste enuie,
Que ie trouue la mort où tu perdis la vie.

ALCINEE.

Non vis, ie te l'ordonne, & pour derniere loy
Garde-toy bien d'armer ta fureur contre toy.

CLARIMENE.

Ie ſuiuray cet arreſt autant pour vous complaire,
Que pour ne fruſtrer pas la juſtice d'vn frere:
Ah qu'elle lancera des agreables traits
S'ils épargnent ce cœur où i'ay peint vos atraits.

ALCINEE.

L'heureuſe tromperie, ô Ciel voſtre puiſſance
Teſmoigne icy le ſoin qu'elle a de l'innocence.

SCENE III.

CLORINIE, MELISTEE.

CLORINIE.

LA Reyne est ſans doute en ces lieux,
Où ſon œil épanche des larmes,
Capables d'obliger les Dieux
A plaindre ſa diſgrace & reuerer ſes charmes:
Helas que ces cruels nous cauſent de malheurs!
Qu'ils furent beaux à mon dommage,
De tirer vn ingrat d'vn innocent ſeruage,
De luy rompre mes fers & luy mettre les leurs.

MELISTEE.

Plaindre encore cet inſolent,
N'auoir que luy dans la penſée,
Au lieu d'vn dépit violent
L'adorer, le cherir, & s'en voir offencée,
C'eſt l'effet d'vn courage auſſi laſche que doux;
Aymons quand la raiſon l'ordonne:
Mais aymer vn perfide, & qui vous abandonne,

Cet acte de foiblesse est indigne de vous.

CLORINIE.

Cruelle tu suis ta raison,
Esperes-tu que ie m'y range,
L'amour tire sa guerison
Du temps ou de la mort, du depit ou du change,
Ne l'atends point du temps, ne me fais point ce tort,
Pour du dépit i'en hay l'vsage,
Du change encore plus, i'ayme tant mon seruage
Que i'y veux demeurer, & mesme apres la mort.

MELISTEE.

C'est flater vn peu laschement
Vne passion déreglée,
Donnez plus au ressentiment,
Et moins aux vains desirs de vostre ame aueuglée,
Roidissez vos esprits contre ces feux puissans
Qui s'emparent de vostre ame,
Et par ce seul effort l'amour n'a point de flâme
Qui ne perde vn pouuoir qu'il auoit sur les sens.

CLORINIE.

Si i'estois dans la liberté
Dans laquelle tu me conseilles,
Il n'est point d'esprit agité

A qui

A qui ma voix n'offrit des guerisons pareilles,
On discourt aisément.

SCENE IV.

ALCINEE, CLORINIE, MELISTEE.

ALCINEE.

O *Vy des malheurs d'autruy;*
Mais le mien pour le moins diminuë aujourd'huy.

CLORINIE.

Il nous entretenoit.

ALCINEE.

Vous en sentez un autre.

CLARIMENE.

Ma voix ne le plaint pas sans plaindre aussi le vostre,
Que mon ame partage & ressent à moitié,
Moins par la charité que par nostre amitié.

ALCINEE.

Adjouter au bon-heur de l'auoir rendu moindre,
La peine de le plaindre & celle de s'y ioindre,
Ah c'est à m'affliger & me mettre en estat
De vous offrir vn cœur qui doit mourir ingrat.

CLORINIE.

Mais vous estes ma Reyne, & ce poinct l'en dispense,
D'ailleurs par son present i'obtiens ma recompense.

ALCINEE.

Ie ne possede plus ce tiltre glorieux
Que par l'illustre sang que i'ay de mes ayeux,
Toutefois ie respire, en fin le ciel me vange,
Ie viens de rencontrer par vn hazard estrange
Vn homme bien malade, au moins du iugement.

CLORINIE.

Le connais-je?

ALCINEE.

Et de plus on l'ayme asseurement.

CLORINIE.

Quoy Clarimene?

ALCINEE.

Oüy.

CLORINIE.

Ne vous a-t'il point veuë?

ALCINEE.

Comme on voit le Soleil au trauers d'vne nuë:
Mais il est vn peu tard, Madame, incontinent
Ie vous en fay le conte en nous en retournant.

SCENE V.

LE ROY, PHILON.

LE ROY.

VNE moindre rigueur, ou plus de negligence,
N'eussent pas à mon gré satisfait ma vengeance;
C'est ainsi qu'vn subjet qui veut me contenter
Doit receuoir mes loys & les executer:
Mais reprens ton discours.

PHILON.

Voyant que c'est sans feinte,
Que ie suis inflexible à ses pleurs, à sa plainte:
Et bien, m'a-elle dit, puis qu'il faut expirer,
Inhumain, i'y consens, ie vais m'y preparer:
Lors les yeux vers le ciel, & les genoux à terre,
Elle adresse ses vœux au maistre du tonnerre.
Seigneur reçoy mon ame, elle est preste à partir,
Tu sçais l'estrange arrest qui m'y fait consentir,
Suy les bons sentimens que ma vertu me donne,
Pardonne à son autheur comme ie luy pardonne,
Ou si tu veux punir, fais que cet insolent
Esprouue pour suplice vn remords violent,
Et qu'vn iour transporté par ce boureau du crime,
Il remette ma gloire en sa premiere estime.
Sa priere finie elle m'offre son sein,
Qui pallit de l'horreur de mon cruel dessein,
Alors i'y porte vn coup aueque cette lame,
Qui luy perçant le cœur luy rauit presque l'ame,
Ie voulois redoubler.

LE ROY.

Quoy tu ne le fis pas?

PHILON.

Non, Sire, sa priere en empescha mon bras:

Arreste, me dit-elle, & deuant que i'expire
I'ay deux mots sur le cœur, permets moy de les
dire:
Asseure ton Seigneur que i'emporte en mourant
Vn regret veritable, & iuste comme grand;
Regret que l'amitié que ie luy porte encore
A fait naistre & conserue en ce cœur qui l'adore,
Vn regret de sçauoir que cet illustre Roy
Dedans bien peu de temps en conceura pour moy;
Puis qu'il est tres-certain qu'vn parjure qui
m'ayme,
Me couure d'vn peché qu'il a commis luy-mesme.
A ces mots elle tombe, & dit en expirant;
Ie meurs cher Carismond, & c'est en t'adorant.

LE ROY.

Elle a dit Clarimene, ou sa voix s'est trompée:
Qu'à cet acte ma main n'estoit-elle ocupée,
Que n'eussay-ie pas fait?

PHILON.

La voyant sans vigueur,
Ie luy fend l'estomach & i'en tire ce cœur;
C'est vostre volonté.

LE ROY.

Tu l'aurois mieux suiuie

Faisant cette action quand elle estoit en vie;
Tenant le cœur qui est dãs vne boëte d'argẽt.
Aproche, il en rougit de son crime passé,
De honte & de regret de m'auoir offencé:
Non mon œil iugeons mieux du teint de cet infame,
Il ayma tant ses feux, il ayma tant sa flâme,
Qu'alors que par la mort il en perd la chaleur
Il en veut conseruer l'éclat & la couleur,
En ce poinct seulement il n'est plus pardonnable,
Qui s'obstine en sa faute il est deux fois coupable;
Il le fait l'insolent, sçachant qu'il ne peut pas
Payer ce double tort par vn second trépas:
Ce n'est pas sans regret si i'ay de l'impuissance,
Et tu braues à tort ma haine & ma vengeance;
I'ay fait ce que i'ay peu pour la bien assouuir,
Tu n'auois qu'vne vie, & ie l'ay fait rauir:
Mais pour te mieux punir & la mieux satisfaire,
Il le veut fraper du poignard qu'il tient à la main
Tien meurs encore vn coup si cela se peut faire:
I'offence mon honneur par cette cruauté,
Mais tu dois plus souffrir ayant plus merité;
Partisan indiscret, complice abominable
Du crime le plus grand & le moins pardonnable
Que l'enfer ait puny par ses tourmens diuers
Depuis que le Soleil éclaire l'vniuers,
Tu deuois rafraichir ton ardeur temeraire
Dans les sales plaisirs d'vn infame adultere,
Sans augmenter ton tort comme mon déplaisir

D'vn crime inceſtueux commis par ton deſir;
Mais ta haine pour moy s'eſtant renduë extréme,
Il falloit m'offencer par vn crime de meſme,
Et ſous vn ſale amour demeurer abatu
Pour mieux ſoüiller ma gloire & trahir ta vertu.
Ie me trouble en parlant, tu n'en eus iamais,
traiſtre,
Où ton brutal amour ſeroit encor à naiſtre,
Ou n'ayant peu l'eſteindre elle l'auroit caché
En celant ce deſir qui forma ton peché;
Croyant qu'elle t'euſt fait pour ſon plus beau
modelle,
Ie penſois voir en toy ce qu'on peut voir en elle,
Et t'aymant d'vne ardeur que i'ay pû conſom-
mer,
Ie mettois tout mon bien & ma gloire à t'aymer:
Iuge par ces raiſons ſi c'eſt auec iuſtice
Que ton ingratitude a receu ſon ſuplice,
Que l'on te voit icy tout ſanglant & percé
De ce fer qui vangea mon honneur offencé.

SCENE VI.

CLARIMENE, LE ROY, PHILON, AGIS, SIDION.

CLARIMENE.

PArais icy chere ombre aueque ce perfide,
Viens parler de ta gloire & de son parricide.

PHILON.

Sire, voicy le Prince.

LE ROY.

Ah qu'il vient à propos
Aueque cet objet restablir mon repos;
Enfin ie suis vangé, ma haine est assouuie,
Alcinée en son sang vient de noyer sa vie,
Et i'en garde vn objet qui trempa dans son tort,
Elle vous l'offrit vif, ie veux vous l'offrir mort,
Le voila.

CLARIMENE.

Le cruel.

LE ROY.

LE ROY.

C'est où cette impudique
Receut les premiers traits de son ardeur lubrique:
Le voila cet ingrat, ce detestable cœur
Qui trompa mon amour que punit ma rigueur:
Oüy le voila le cœur de cette belle infame,
Qui partageoit hier & mon sceptre & mon ame;
Tu le refusas vif pour suiure ton deuoir,
Et mort, de cette main tu dois le receuoir.

CLARIMENE.

Oüy, mais pour l'adorer, ah reprends mon cou-
rage Prenant le cœur.
Des nouueaux sentimens de colere & de rage:
O foudre en cet instant que ne m'acables-tu;
Comment voila ce cœur où logea la vertu,
Comment voila ce cœur qui pour l'auoir suiuie
Perdit innocemment & l'honneur & la vie:
Comment voila ce cœur l'abregé precieux
Des merueilles du monde, & de celles des cieux;
Ce cœur où l'innocence estoit comme en son trône,
Ce cœur qu'vn feu diuin & la gloire enuironne,
Ce cœur qui fut le siege & l'illustre sejour
De la plus belle vie & du plus sainct amour
Que nature & le ciel ayent pû former encore,
Ce cœur & qui merite, & qui veut qu'on l'adore:

A genoux, qu'on le fasse, ou bien l'on perira;
Viens toy-mesme adorer celuy qui t'adora,
Ouy ploye les genoux.

LE ROY.

Que fait-il il s'égarre.

CLARIMENE.

Il veut cõtraindre le Roy de se mettre à genoux.

Adore aueque moy ce cœur si sainct, si rare;
Tu resistes, chacun rend mes vœux superflus,
Adorons-le tout seul, & mourons seul dessus.
Cœur dont le triste sort m'ordonne de le suiure,
Cœur que malgré la mort la vertu fait reuiure,
Cœur qui meritoit trop les plus dignes autels
Que iamais les mortels ayent dõnez aux mortels,
Cœur de qui les vertus se pouuoient tant estendre
Qu'on les doit admirer sans les pouuoir comprendre:
Cœur enfin Roy des cœurs, que dois-je resentir
Pour donner à ma faute vn égal repentir:
Vous mes yeux, vous mes pleurs baignez cet adorable,
Changez-vous, s'il se peut, en sa matiere aymable:
Vous sanglots, vous souspirs, sortez, sortez souuent,
Et me tirez du sein l'esprit au lieu de vent,

Portez-le dans ce cœur, & pour payer mon crime
Faites qu'il m'abandonne & faites qu'il l'anime.
Vains & lasches souspirs, toy plus lasche en ce point,
Il rougit de ton meurtre & tu n'en rougis point;
Et pour souller ta rage, & pour finir tes peines,
Tu ne deurois rougir que du sang de tes veines:
Mais il s'en faut rougir, & d'vn coup furieux
En aroser ce cœur, & ce fer & ces lieux.

SIDION.

Retenons sa fureur.

AGIS.

Quoy que voulez-vous faire? Il veut prendre l'espée d'Agis.

CLARIMENE.

Vanger cet innocent, punir vn sanguinaire.

LE ROY.

On diroit vn esprit agité de remords:
Qui te peut obliger à ces boüillans transports?
Parle en fin clairement, quelle fureur te dompte?

CLARIMENE.

Le pourray-je conter sans en mourir de honte:

Helas! i'aimay ce cœur, & dans ma folle ardeur
Essayant vainement d'ébranler sa pudeur,
Il parut animé d'vn couroux legitime,
Il me dit, dedans peu le Roy sçaura ton crime:
Alors ie m'irritay, ie sceus le preuenir,
Ie l'en rendis coupable, & ie l'en fis punir.

LE ROY.

Que ce discours me donne vne sensible ateinte,
Sans croire qu'il soit vray i'en conçois de la crainte;
Mais il me le faut croire, ou qu'il est insensé.

CLARIMENE.

Plustost vn repentant de son crime passé,
Qui vient à tes genoux conjurer ta iustice
De le faire expirer dans l'horreur d'vn suplice:
Non, fais que sa douleur dure eternellement,
Tu dois cette vengeance à ton ressentiment;
Et s'il se peut encor tu luy dois dauantage,
N'écoute point le sang s'il retient ton courage,
Ta pitié seroit lasche & blâmable en ce point,
N'espargne point celuy qui ne t'espargna point,
Pour honorer ce cœur prends celuy qui m'anime,
Otte-le moy du sein, offre luy pour victime;
Apres acable-moy de flâmes & de fers,

Plonge-moy, s'il se peut, tout vif dans les enfers,
Que ce coupable corps de mesme que mon ame
Y souffre par le feu s'il pecha par la flâme;
Encor sera-ce peu, selon mon iugement,
Pour expier ma faute, & pour mon chastiment.

LE ROY.

Dois-je encore douter, ne dois-je pas me rendre?
Oüy grande Reyne, oüy i'offencerois ta cendre
De rester incredule auprés de ses transports
Qui me prouuent assez son crime & ses remords,
I'en reconnais l'effet dans l'œil de ce perfide,
Il commit ton inceste, & fit ton parricide,
Et le ciel à mes yeux vange sur sa raison
Et ce meurtre excecrable & cette trahison.
Mais que cette vengeance est peu considerable
A l'égal d'vn forfait si grand, si déplorable;
Qu'vn estrange remords sur mes sens absolu
Me dit que i'ny commis, puisque ie l'ay voulu.

CLARIMENE.

Qu'ay-je donc fait?

LE ROY.

Tais-toy, ie sçay comme il m'importe,
Traistre tu vis encore, & l'innocente est morte:
Qu'on l'otte de mes yeux.

CLARIMENE.

Allons, est-ce au trépas?

LE ROY.

Agis & vous suiuez, & ne le quitez pas,
Il y va de la vie. Amour, pitié, prudence,
Nature, iustes Dieux de qui la prouidence
Etend incessamment ses mains sur l'vniuers
Pour soutenir le iuste & punir le peruers,
Que faisiez-vous alors que i'ay creu ce parjure,
Quand i'ay vangé sa haine au lieu de mon iniure?
Amour fus-tu vaincu d'vne ialouse erreur,
Et ne m'échaufas-tu que d'vn feu de fureur?
Pitié ne seruis-tu qu'à ton contraire vsage
D'vn peu d'eau dans ce feu pour l'aigrir dauantage?
Prudence oublias-tu ce que l'on t'a commis,
Cedas-tu sans deffence à tous tes ennemis?
Vous iustes & grands Dieux laissez-vous la nature
Rouler dans le desordre, ou bien à l'auanture,
D'auoir souffert l'honneur sous la honte abatu,
Et qu'on ait pour le vice opprimé la vertu?
Non, non, vostre prudence est trop iuste & trop grande,
Elle souffre le mal, quoy qu'elle le defende,

Et si la Reyne est morte, elle ne l'a voulu
Que parce qu'vn parjure & moy l'ont resolu.
O parjure inhumain ! ô loy prompte & cruelle !
En vengeant mon amour tu la vangeas sur elle :
O remords qui naissez pour vous rendre eternels,
Qui geinez iustement deux esprits criminels,
Décendez dans l'enfer, tirez en Alcinée
Ainsi qu'vne furie ardante & forcenée,
Qu'elle en ait le flambeau, qu'il nous puisse enflammer
Et sans aucun relasche, & sans nous consommer.
Non, remords, arrestez, pour souffrir ce suplice
Ie n'ay qu'à voir son corps, son meurtrier, son complice,
Ie n'ay qu'à vous parler amour, crime, remords,
Ie n'ay qu'à voir ce sang sorty d'vn palle corps,
Où la main de la mort d'vn trait impitoyable
Trace les traits affreux de sa face effroyable;
Ie n'ay qu'à plaindre auprés dans des cris superflus,
Et les traits que i'y vis, & ceux qui n'y sont plus :
Et c'est là que le mien, dedans son infortune,
Moura cent fois le iour sans en mourir pas vne,
Que l'amour redoublant & mes feux & mes fers,
Me donnera des maux qu'on n'a point aux enfers.
Ah la douleur me tuë, & ie sens que i'expire !
Ah douleur que fais-tu, tu finis mon martyre ?

Arreste, & permets-moy de rauir à mon dueil
Le temps de commander qu'on luy fasse vn cercueil.
Toy qui pour son malheur te rendis trop fidelle,
Prends-en encor le soin, fay qu'il soit digne d'elle;
Quelque éclat qu'Arthemise ait mis sur vn tombeau,
Fais que le sien l'excede, ou qu'il soit aussi beau;
Fais poser au dessus ce cœur & cette image
Où l'art fait admirer sa taille & son visage,
Où l'art à pû grauer du temps qu'elle viuoit
Tous les plus dignes traits que cette Reyne auoit;
Mets luy ses vestemens, son sceptre & sa couronne,
Afin de contenter le dueil qui m'enuironne,
Ie veux à chaque instant au lieu de son sujet,
Arroser de mes pleurs cet insensible objet.

ACTE V.

ACTE V.

SCENE PREMIERE.

ALCINEE, PHILON, CLORINIE, MELISTEE.

ALCINEE.

ETouffez mes soupçons, se peut-il que ie sçache
Pourquoy ie suis dans Albe, & pourquoy l'on le cache;
Ne couurez plus mon mal auec des vains secrets,
Ne me sauuastes-vous que pour me perdre aprés?

PHILON.

Il est certain, Madame, il ne faut plus vous taire
Ce que le Roy mon maistre a resolu de faire;
Il a sceu vostre vie, & veut estre inhumain;

Iusqu'à vous la rauir par vn coup de sa main.

CLORINIE.

Quel coup reçoit son cœur, iugeons-le par sa plainte.

ALCINEE.

Ie l'apprends sans frayeur, ie la perdray sans crainte;
Son erreur fait sa haine, & ma vertu ma mort,
Et par ce seul bon-heur ie ne la plains pas fort;
Si ie meurs il le faut, & la premiere cause
Escrit cette sentence au front de chaque chose:
Mais i'espere d'aller apres ce doux trépas
Où son coupable autheur n'ira possible pas:
Ciel sois bien moins seuere, adoucis ta iustice,
Fais qu'en son repentir il troune son suplice;
La mort est sans frayeur quand elle vient s'offrir
Aux yeux d'vne ame ferme, & qui la veut souffrir:
Ie me voy dans l'extreme où chacun la regrette,
Et ie la crains bien moins que ie ne la souhaitte:
Regardez ma vertu, sans la loüer pourtant,
Le Ciel touche mon cœur & le rend si constant,
Il sçait mon innocence, il connoist ma misere,
Et comme son enfant il me soulage en pere;
On m'ataque, il m'assiste, & mon esprit peureux

Connoiſt bien que c'eſt luy qui le rend genereux:

Mais que differes-tu, ie ſuis preſte à te ſuiure,
Si l'on eſt las de moy, ie ſuis laſſe de viure;
Allons meine-moy donc où m'atend mon Eſpoux,
Si ie meurs de ſa main le coup m'en ſera doux.

CLORINIE.

C'eſt ce que i'aprehende, & toutesfois i'eſpere,
Vous auez des beautez s'il a de la colere,
Leur éclat qui s'augmente à l'enuy de leur dueil
En leur ouurant ſon cœur fermera leur cercueil,
Si vous-vous en ſeruez paraiſſant à ſa veuë,
Selon l'inuention que nous auons conceuë.

ALCINEE.

La colere eſt aueugle aupres d'vn peu d'apas,
Et par cette raiſon ie ne l'eſpere pas,
D'ailleurs dans mes malheurs vn tel ennuy me dompte,
Que i'ayme mieux mourir que viure auec ma honte.

CLORINIE.

Nous ne pouuons rien faire en ce double bon-heur,
Qu'en vous ſauuant la vie en vous rendant l'honneur.

ALCINEE.

L'auteur de mes ennuis n'en pourroit pas plus
faire,
Ce mot d'inuention cache quelque mistere;
Mais quand ie le sçauray ie n'ose pas douter
Qu'il ne soit à mon choix de la pouuoir quiter.

PHILON.

Fort librement, Madame, on pouroit nous aten-
dre,
Sortons, par le chemin ie vous la veux aprendre.

SCENE II.

CLARIMENE, AGIS, SIDION, LES GARDES,

CLARIMENE.

ON ne m'en parle plus, eſt-il rare, eſt-il beau?
Allons donc, mes amis, allons voir ce tombeau,
Allons pleurer deſſus la merueille des Reynes,
Et luy ſacrifier tout le ſang de nos veines.

AGIS.

Ie vous l'ay deſia dit, que le Roy le deffend.

CLARIMENE.

Quoy!
Eſt-ce ainſi, le cruel, qu'il ſe vange de moy?
Par quelle injuſte loy me laiſſe-il la vie,
Par quelle laſcheté ne t'ay-je pas ſuiuie,
Belle & chaſte Princeſſe, alors que l'on m'aprit
Que ton aymable corps auoit rendu l'eſprit?

Puis qu'on m'otte à present les moyens de te suiure
Que ie ne puis mourir, & que ie ne puis viure,
Et que dans des douleurs qui ne peuuent guerir
Ie vis comme vn danné sans viure & sans mourir;
Si ce n'est par pitié, que ce soit par iustice,
Donnez-moy le trépas pour finir mon suplice,
I'ay des maux violens, ie suis las d'endurer,
Ce sera me guerir que me faire expirer.
Et quoy subjets ingrats ma priere est donc vaine,
Quoy vous n'écoutez pas le sang de vostre Reyne,
Qui vous dit par ma voix, perdez ce suborneur,
Vengez par son trépas ma vie & mon honneur:
On m'écoute, on me souffre, & pour mon crime extreme,
Ie croy que ie ne suis horrible qu'à moy mesme.
La terre me soutient, & ie voy le Soleil,
A l'vn i'ottay sa gloire, à l'autre son pareil;
Et l'vn dedans son sein deuroit me faire vn gouffre,
Dont l'autre de ses rais vint allumer le souffre,
Ou ce corps embrasé iusques aux derniers iours
Naquit à tous moments pour remourir tousiours:
Mais s'ils ne le font pas, Ciel iette vn coup de foudre,
Et sans toucher ce cœur mets tout le reste en poudre:
C'en est fait, il m'exauce, & ie voy que les airs

Ne sont plus qu'vn nuage outre-percé d'éclairs,
Et le bruit importun que forme le tonnerre
Fait que le ciel fremit, & fait trembler la terre
De ce dernier éclat i'attens mon dernier sort:
Mais donnent-il la mort par l'image d'vn mort?
Image, iugeons mieux, c'est le corps d'Alcinée,
Qu'à cet affreux aspect mon ame est estonnée;
Oüy le voila tout pasle & tout soüillé du sang
Qui sort encor des coups qu'il receut dans son flanc,
Et qui semblent former vne voix étoufée
Qui dit, rends-moy mon cœur dont on fait vn trophée.
Attens, beau corps, attens; mais sans m'oüir parler,
Ce n'estoit qu'vn fantosme, il s'est perdu en l'air:
Mais par cette action il attaque mon crime,
Il me dit, c'est le tien que ie veux en victime:
C'est mon bien, c'est la fin des peines que ie sens,
Faites ce sacrifice, il le faut, i'y consens.

AGIS.

L'estrange impression, qu'il a l'ame blessée:
Remettez-vous mon Prince.

CLARIMENE.

Ah ie voy ta pensée.

Oüy remettons à faire vn acte si nouueau
Dans ce lieu glorieux où l'on voit son tombeau:
Allons y, mes amis, i'ay de l'impatience,
Depeschons, guidez-moy, qui passe, qui s'auance?
Mais quoy c'est la raison que ie sorte deuant.

AGIS, l'arrestant.

Souffrez donc que le Roy l'ordonne auparauant.

CLARIMENE.

L'insolente action! quoy qu'vn subjet me braue,
Dépens-je de ses loys, ou suis-je son esclaue?
Si le sort qui se ioüe & de nous & de luy,
Me peut rendre demain ce qu'il est aujourd'huy;
Va qu'il le vueille ou non, ie sors, c'est mon enuie,
On ne peut l'empescher tant que i'auray la vie.

AGIS.

Il sort suiuons ses pas, il le faut arrester.

SIDION.

Que ce soit doucement de peur de l'irriter.

SCENE

SCENE III.

LE ROY, CLORINIE, MELISTEE, PHILON.

LE ROY à genoux deuant vn tombeau, où la Reyne est elle-mesme au lieu de sa statuë.

Triste & fameux tombeau qui doit auoir la gloire
De voir durer ton nom autant que la memoire,
Ne prends pas de l'orgueil de te voir adorer,
Ton bon-heur m'importune & ie le viens pleurer,
Et ces humides pleurs qui baignent ma paupiere
Regardent ton sujet & non pas ta matiere,
Regardent ton sujet comme le plus parfait
Que l'vniuers ait eu, que la nature ait fait;
C'est pour luy que mon cœur ressent la rude ateinte
Qui fait naistre ses pleurs, ses regrets & sa plainte:
Rare & diuin objet qui perds en ce cercueil
La cause de ma flame & celle de mon dueil;
Pourquoy ne vis-tu plus, nous n'auions qu'vne vie,

Ie la conserue encore, & l'on te la rauie,
Et la fatale main qui t'a donné la mort
A pû d'vne ame seule en faire vn double sort:
Ah i'en cognois la cause, elle fut diuisée
Par l'extreme fureur dont i'eus l'ame embrasée,
Et le Ciel prit son temps d'en rauir la moitié
Pour punir iustement l'injuste inimitié;
Ainsi quelque raison que ma bouche propose,
I'ay desiré ta mort, & ie m'en voy la cause:
Mais ma douleur s'explique en pensers superflus,
Tu vis, belle Alcinée, ou bien ie ne vis plus;
Tu vis dedans mon cœur, tu vis dans mes pensées,
Où d'vn pinceau de feu tes beautez sont tracées,
Et celles de ce cœur où la mesme vertu
Eut le plus digne autel que iamais elle ait eu;
Pour mieux dire, ma voix, dy qu'il fut sans exemple,
Prouue qu'il en estoit la demeure & le temple,
Et qu'il a possedé toutes les qualitez
Que le Moteur de tout donne à ses deïtez,
Si l'on ne doit pas croire apres ce grand partage
Ou qu'il en estoit vne, ou qu'il en fut l'image:
Glorieuse statuë où l'art à peu grauer
Des traits que mon cœur seul a droit de conseruer,
Les traits d'vne beauté qui m'a l'ame rauie,
Que n'est-elle en ce lieu au gré de mon enuie,
I'entens dedans l'estat où son œil m'a charmé,

Mon dueil n'a pas besoin de se voir animé,
Ainsi que son sujet il est incomparable,
Ce miracle changeant mon destin deplorable
Ie me verrois heureux & rauy de la voir,
Luy donner les baisers que tu vas receuoir:
Pour le moins qu'vn pardon.

SCENE IV.

ALCINEE, LE ROY, CLORINIE MELISTEE, PHILON, AGIS.

ALCINEE, il vient pour la baiser, elle luy prend la main.

ET bien ie vous l'octroye.

LE ROY.

O Dieux quel accident!

ALCINEE.

Pour vn sujet de ioye
Prendre de la frayeur.

LE ROY.

Quoy ton ombre en ces lieux!
Ah n'acroist point mon mal, oste-toy de mes yeux.
Te faut-il des encens, n'est-tu pas bien vangée?

ALCINEE.

Jusqu'au poinct de le plaindre & d'en estre affligée.

CLORINIE.

Sire, perdez l'erreur qui vous tient ocupé,
Voila vostre Alcinée, & l'on vous a trompé.

LE ROY.

L'on m'a trompé.

CLORINIE.

Touchez cette main adorable,
Les ombres ne l'ont point si belle & si palpable.

LE ROY.

De vray cette matiere est plus qu'vne vapeur,
Dans ce contentement mourons auec la peur:
Ie vous reuoy, Madame, & ie rebaise encore
Cette ioüe innocente, & cet œil que i'adore.

ALCINEE, en l'embrassant.

Seigneur.

LE ROY.

C'est prodiguer l'effet de vos bontez,
Meslez un peu d'aigreur dans mes felicitez,
I'ay voulu vostre mort, i'ay creu vostre infamie,
Et ie deurois en vous trouuer une ennemie,
Au lieu de ses baisers, au lieu de ses faueurs
I'en deurois receuoir du blame ou des rigueurs.

ALCINEE.

Si l'on ne peche pas pechant par ignorance,
Ie suiurois vos raisons contre toute aparance,
Et si l'on peut pecher vous l'ayant pardonné,
Ie ne dois pas soüiller un bien que i'ay donné.

AGIS.

Dessus l'heureux raport que l'on nous vient de faire,
Nous amenons icy le Prince vostre frere.

LE ROY.

En sçait-il le sujet?

AGIS.

Non, Sire.

LE ROY.

On eut fait mieux

Il fait cacher la Reine

De luy dire; il suruient, cachez-vous dans ces lieux;

Parlant à Clorinie.

Concluez auec nous cette ceremonie,
Sa presence impreueue acroistroit sa manie.

SCENE V.

LE ROY, CLARIMENE, CLORINIE, MELISTEE, AGIS, PHILON, SIDON.

LE ROY.

QVI t'ameine en ces lieux, infame suborneur,
Qui t'y fait interrompre & troubler mon bonheur?
Ta faute est-elle foible au gré de ta memoire,
D'auoir presque estouffé mon repos & ma gloire?
Reuiens-tu l'augmenter par ta folle amitié,
Reuiens-tu suborner ma pudique moitié,
Quand le Ciel me la rend, quand ie la sçay viuante,
Et contre ton enuie, & contre mon atente?

CLARIMENE.

Quand tu la sçais viuante, ah ne m'abuses-pas

Par des discours plus faux que ceux de son trépas,
Ne pense point ainsi moderer ma manie,
Aussi bien que sa cause on la rend infinie:
Ses rigueurs & ma vie auront vn mesme sort,
Puisque leur guerison est conjointe à ma mort.

CLORINIE.

Mais qui vous feroit voir, mesme à l'heure presente,
Nostre Reyne en ces lieux, nostre Reyne viuante,
Ce miracle agreable auec plus de raison,
N'aporteroit-il rien à vostre guerison?

CLARIMENE.

Il n'en faut pas douter; mais vn malheur sensible
Rend mon mal incurable, & ce bien impossible.

CLORINIE.

Loin d'en desesperer, Seigneur, disposez-vous
A gouter vn bon-heur & si proche & si doux,
Et de plus à forcer vne rare clemence
De donner vn pardon égal à vostre offence.

SCENE VI.

CLORINIE, ALCINEE, CLARIMENE, LE ROY, MELISTEE, PHILON.

CLORINIE.

IVgez de cet objet.

CLARIMENE.

Sommes-nous dans les Cieux,
Et puis-je dementir vos discours & mes yeux,
Madame, est-il donc vray que d'vne ame rauie
Ie reuoy ce beau corps plein de gloire & de vie?
Et que dans vn bon-heur si visible & si grand
I'ose encor l'admirer autrement qu'en mourant;
Apres que mes ardeurs en rages conuerties
En ont pensé rauir ces deux rares parties;
Mais si ce sentiment qui naist de la pitié,
Peut émouuoir en vous le sang ou l'amitié,
I'en conjure vostre ame, obligez ce parjure,
En faisant qu'vn pardon efface son injure,
Et par les grands remords d'vn amour indiscret,
S'il obtient ce pardon il moura sans regret.

ALCINEE.

ALCINEE.

Par ces iustes assauts que le remords vous donne,
Vous l'obtenez, mon frere, oüy ie vous le pardonne;
Mais à condition que vous suiurez la loy,
Qui deffend qu'vn mortel atente dessus soy;
Et que vostre douleur entierement finie,
Si vous deuez aymer ce sera Clorinie;
Les biens qu'elle m'a faits, l'amour qu'elle a pour vous,
Ou vous rendent ingrat, ou vous font son espoux.

LE ROY.

Ie vous entends, Madame, ainsi pour son offence,
Dans sa punition il voit sa recompense:
Auez-vous du courage & du ressentiment,
Au lieu de ces faueurs parlez de chastiment:
Quoy par son repentir vous trouuez-vous vangée,
Qu'on vous voit d'ennemie à son party rangée?
Ou trouuez-vous son crime & moins grand & moins fait,
Parceque vous viuez & qu'il est sans effet?
Non, non, enuers les Roys le seul penser d'vn crime
Merite vn chastiment & le rend legitime:

Q

Vostre douceur pourtant n'est pas à condamner,
Comme ie puis vanger, vous pouuez pardonner,
Et remettre vn forfait que ie veux qu'on punisse.

CLORINIE.

Desarmons, s'il se peut, la main de sa iustice
Sire, si le deuoir n'est pas encor perdu
Que depuis peu de temps mes soins vous ont rēdu;
Si i'ay tant fait pour vous & pour vostre Alcinée,
Que d'auoir prolongé sa chere destinée
En forçant ce ministre à n'executer pas
L'irraisonnable arrest donné pour son trépas:
Grand Monarque en reuāche obligez mon enuie,
Octroyez-moy sa grace, octroyez moy sa vie,
C'est ce que la raison vous demande pour moy,
C'est ce que mon seruice exige de mon Roy:
S'il doit estre puny pour payer son offence,
Pour l'auoir reparée on me doit recompense;
Et pour ma recompense, & pour son chastiment
Pardonnez-luy, qu'il viue, & c'est là son tourmēt,
Et ie suis satisfaite, & vous Iuge équitable.

LE ROY.

Tes raisons & le sang sont forts pour ce coupable;
Mais d'vn autre costé son crime me combat,
Ie veux estre équitable & ne point estre ingrat;
Oüy ie dois à nos loys ainsi qu'à ton seruice,
Ie te dois recompense, & ie luy dois iustice,

Ie veux que ma raison agisse pour tous deux,
Que pour répondre aux lois & répõdre à tes vœux,
Dés demain mon Conseil iuge s'il est possible,
Que sans choquer les lois son crime est remissible,
S'il l'est, sans te donner la peine de choisir
Ie fay ta recompense au but de ton desir.

CLORINIE, à la Reyne.

Madame, en ma faueur obtenez quelque chose.

ALCINEE.

Vous ne preuenez pas celle qui s'y dispose:
Ah, Sire, retractez cet arrest importun,
L'amour qui les vnit rend leur destin commun;
Si la rigueur des lois à son endroit s'obserue, Montrant Clarimene.
Ne luy rauissez pas ce qu'elle me conserue;
Et s'il en est absous, n'est-ce pas en effet
Se reuancher fort mal d'vn extreme bien-fait;
Par la mesme faueur il faut payer la sienne,
Vous deuez vne vie à qui ie dois la mienne,
Et pour le bien payer à son contentement,
Il luy faut octroyer celle de son Amant:
Ne nous refusez plus vne grace si grande,
Ou ie meurs à vos pieds, ou i'obtiens ma demande.

LE ROY.

Que faites vous, Madame, en fin vous m'offencez,
Son crime est pardonné, vos vœux sont exaucez,

Qu'il viue, ie le veux, pourueu que cet orage
L'aprenne à se mieux vaincre, & le rẽde plus sage:
Mais pour ne faire rien qui choque la raison,
Nous parlerons du reste en vne autre saison;
Et s'il veut m'obliger de quelque complaisance,
Qu'il s'otte pour vn peu de deuant ma presence.

CLARIMENE.

C'est auoir pour ce traistre vne injuste pitié,
Quel acte de vertu, quel acte d'amitié!
Vous demandez ma vie, & i'ay soüillé la vostre,
Vous demandez ma grace, & i'en demande vne autre,
C'est celle de rentrer sous vos diuines loix,
Et puisque c'est l'arrest de deux si belles voix,
Je viuray pour prouuer aux yeux de tout le mõde,
Qu'Alcinée en vertu ne voit point sa seconde;
Ie viuray pour montrer que ie vous dois le iour,
Et pour vous conseruer vne immortelle amour.

Se tournãt deuers la Reyne, & puis deuers Clorinie.

CLORINIE.

Pourueu que ce dessein trouue vne ame assez ferme
La mienne asseurémẽt n'aura point d'autre terme.

LE ROY.

Terminons les discours, & dans ces mesmes lieux
De nos bon-heurs presens remercions les Dieux.

FIN.

www.ingramcontent.com/pod-product-compliance
Ingram Content Group UK Ltd.
Pitfield, Milton Keynes, MK11 3LW, UK
UKHW020346230726
13925UKWH00003B/992

9 782013 588492